*L'Homme dit fou
et la mauvaise foi des hommes*

Florent Couao-Zotti

*L'Homme dit fou
et la mauvaise foi des hommes*

Nouvelles

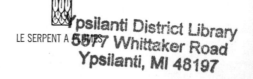
LE SERPENT A PLUMES

Collection Motifs
dirigée par Pierre Bisiou

MOTIFS n° 141

Première publication : éd. Le Serpent à Plumes, 2000
© 2000, 2002 Le Serpent à Plumes

Illustration de couverture : © Karen Petrossian,
Olivier Mazaud, Bernard Perchey

N° ISBN : 2-84261-307-4

LE SERPENT A PLUMES

20, rue des Petits-Champs – 75002 Paris
http://www.serpentaplumes.com

À PROPOS DE L'AUTEUR

Florent Couao-Zotti est né en 1964 au Bénin. Il vit à Cotonou où il est enseignant. Son premier roman, *Notre pain de chaque nuit,* a été publié au Serpent à Plumes en 1998. Florent Couao-Zotti est également auteur de plusieur pièces de théâtre, ainsi que d'un roman pour la jeunesse paru en août 2001 aux éditions Dapper. Il a aussi travaillé comme scénariste de bandes dessinées.

À Dieudonné Otenia
et à Camille Amouro.
Pour les rêves que nous avons
rêvés et où nous avons si mal...

CI-GÎT MA PASSION

À tous les mal-morts,
crucifiés par une vie imposée...

L'HOMME DÉNUDA LE CADAVRE, il lui enleva la robe en dentelle bleue et or, souleva ses pieds raides et le défit de ses dessous.

La peau n'avait pas perdu de son élasticité. La chair couleur livide, longtemps, trop longtemps comprimée par une surdose de formol, s'amollissait déjà. Un an qu'elle avait franchi la porte du grand néant. Un an, soleil après soleil, termite après termite. Elle professait encore dans son corps la fraîcheur conservée de ses vingt-cinq harmattans.

L'homme sortit de sa sacoche une bouteille d'eau de Cologne. Il en imbiba un morceau de chiffon, nettoya tout le corps, poudra les aisselles creuses. Et, sur ses lèvres froides, une applique de rouge terre cuite, puis, subtil, un tracé de crayon bleu. Pour en cerner les contours, en discipliner les rainures boursouflées. Si les morts s'étonnaient de ces commerces étranges, ils seraient, dans leurs bières, en train de trembler pour leurs os.

L'homme se leva, recula son regard de près de deux mètres. Debout dans la tombe, il put ainsi admirer la pureté des traits de la femme. En elle, toujours la même impression, l'informulé d'un désir de survie. Un appel que revendiquaient ses yeux troubles, son corps plein de certitude et d'autorité.

Belle? Non. Elle ne lui parut pas seulement belle. Elle portait le sublime en elle et avec elle la rayonne qui semblait offrir créance inaliénable à son corps. Comme le nimbe qui auréole l'immaculée sainteté, mère-séduction au milieu des reines de beauté.

« Mon amour est unique ma chérie, vibra l'homme. Oserais-tu en douter? Je suis là, je serai toujours là. »

Et il se sentit parcouru par ce frisson liquide qui lui crispait le bas-ventre à l'appel des envies de son corps. Il la désira. Il la désira comme toute femme aux raisins mûrs et épanouis, Ève frétillante et offerte dans le lit des amours. Alors, il étendit sa main sur elle. Il lui caressa les seins, lui lécha le ventre. Furieusement. La raideur du cadavre ne lui fit pas obstacle. Au contraire. Il eut la sensation qu'elle lui opposait une feinte et molle résistance.

Lentement, il se dénuda sous la ceinture, écarta les jambes, s'installa entre ses cuisses verdâtres. L'odeur de chair en rebut lui cribla les narines. Pas de nausée dans la gorge. Mais tension, émoi, ferveur. Et, tandis qu'il frétillait, gigotait contre son sexe, il se mit à pleurer, à crier, coulant des larmes et de la bave. Souffrait-il? Jouissait-il?

Le ciel, dans ses yeux, était rouge. Le rouge d'un soleil déjà écrasé par la longue traversée du quotidien. Une couleur qui semblait porter le poids des tragédies qui suintent le sang et la mort. La mort ici et là, dans ce cimetière à l'arrière-cul de la ville. La mort juste ou malheureuse qui tue la vie à peine vie, les vies « bordelles ou trop honnêtes, précocement vaincues par la raideur et l'arbitraire du temps ».

Ainsi l'homme faisait. Ainsi besognait-il quand il débarquait sur les lieux. Un rituel sacré exécuté avec conscience aiguë eût été accompli avec moins de fièvre et de passion. Car l'homme était passionné.

Il arrivait chaque semaine, toujours le même jour à la chute du soleil, avec la même sacoche sous le bras, le même regard éteint et vaincu de l'aventurier fatigué d'avoir bourlingué dans le ventre de la terre.

Souvent, il attendait que la demeure des morts se fût vidée de toute présence humaine. Il attendait que les deux gardiens se fussent installés à leur guérite. Il attendait surtout que le calme sinistre commun à tous les cimetières du monde eût écrasé les lieux. Alors seulement, il pouvait escalader le mur de clôture. Il descendait dans la tombe, ouvrait la bière et accomplissait ce qu'il appelait son « devoir nuptial ». Sans doute le ferait-il jusqu'à déconfit, jusqu'au bout de sa folie, sa délirante manie.

*

Satisfait? L'expression du visage de l'homme ne le langagea guère. Il rhabilla le cadavre, le réajusta dans le cercueil à moitié grignoté par les termites. Il n'y avait plus qu'à remettre le couvercle. Un à un, il replaça les boulons dans les angles et, à l'aide d'un tournevis, les y fixa solidement. C'est à ce moment que la voix grasseya au-dessus de sa tête. La voix, mûre et ronflante:

« Ainsi tu ne lui ficheras jamais la paix, hein?»

L'homme leva le nez en l'air. Contre-plongée violente sur une silhouette cruellement déjetée. Le ciel se voila sous ses yeux. Et un visage tout en angles saillants s'éclaira droit dans sa vision. Un rouquin, moustache vénale d'albinos raté.

« Tu seras toujours dans son ombre, fit l'inconnu. Sa vie ne te suffit pas. Il te faut la poursuivre jusque dans la mort. »

L'homme sentit une coulée brusque dans la colonne vertébrale. Tremblant, hésitant, il prit appui sur les rebords de la pierre tombale et se hissa sur la terre ferme. Le temps de se redresser, un coup de pied lui déchira le ventre. Il s'affaissa, roula dans la poussière.

« C'était juste pour t'accueillir, Gaspard, railla l'agresseur. Ma haine n'a rien perdu de sa force. Au contraire. »

Au ventre, la douleur était vive, bien vive. Péniblement, il se leva, fit face à l'inconnu. Dans les couleurs du couchant finissant, le visage de l'homme semblait rougir et flamber, ses cheveux lui parurent raides, hérissés comme un champ de mil avant moisson. Il reconnut la balafre violente qui lui virgulait la gorge en diagonale. Image raidissante. La seule et même que celle d'il y a un an. Un an au creux de cette nuit étourdissante où sa femme, par la chierie du sort, était tombée sous la lame de son couteau. Le coup n'était pas pour elle, non ! Il visait la poitrine effrontée de son beau-frère, un « charabia humain bâti pour susciter la haine et la violence ». Ah, la terrible souvenance !

Le rouquin avança de deux pas. L'homme, aussitôt, fit marche arrière.

« Je rêvais de cet instant, mon bonhomme, enchaîna-t-il. Je savais qu'on se reverrait un jour et qu'on se réglerait les comptes. J'ai parié que tu viendrais sur sa tombe à l'anniversaire de sa mort. Et depuis le premier éclat du jour, j'étais là à t'attendre.

– Qu'est-ce… qu'est-ce que tu veux de moi ?

– Te tuer, Gaspard. Te tuer, tout simplement.

– Tu… tu veux en rajouter au chagrin de la terre, n'est-ce pas ? Tu n'en as pas assez de nos larmes ?

– La terre survit à tous les drames des hommes. Elle a survécu à ton crime. Elle survivra à ta mort.

– Je n'ai pas tué Afy. Je… je ne peux pas avoir tué ma femme. Impossible. Ma passion est là pour rendre témoignage de mon innocence. Mon geste était plutôt folie. Le délire d'un homme pulvérisé par le désespoir. Le… le comprendras-tu un jour ? »

L'agresseur avait les épaules hautes. Son regard brûlait de rougeur et d'effervescence, agrandissait les traits empâtés de son visage. Il lâcha:

« Je ne crois qu'à ce que je vois, Gaspard! Et qu'ai-je vu durant tout ce temps? Ma sœur a souffert de tes triques et de ta déraison. Tu l'as sucée, utilisée, abîmée, puis tuée.

– Non! Non! Ce n'est pas vrai. Impossible! C'est toi qui as enfanté le mal en elle. Tu l'as faite rebelle à ma passion. Tu as saboté et écroulé tous les projets que j'avais formés pour elle. Mais Dieu sait, le monde entier sait que j'ai beaucoup ramé pour faire la fortune de ses espérances.

– Toi, combler ses attentes? Te regardais-tu? Une loque aurait pu avoir un destin plus réjouissant. Tu étais moins qu'un zombie, Gaspard: impuissant, alcoolique, violent, inutile. Et de quoi pouvais-tu te vanter d'être capable?

– Tu oses… tu oses encore aligner ces mots? »

Il était tout dressé comme un dogue. Sa barbe, un bouquet de poussière sous le menton, s'était violemment hérissée. De la glaire en maculait une partie. De la glaire car il en coulait, jaunâtre, gluante, répandant alentour des haleines sauvages.

« Tu cherches à m'humilier toujours, hein? Viens ici que je te saigne. »

Il fouilla sa poche, ressortit le tournevis. Le même geste fébrile qu'il y a un an. La même furie qui avait aiguisé son couteau et l'avait rempli d'une incompressible envie de décharge de violence. Et comme il y a un harmattan, il crut légitime de crever « ce même obstacle » devant lui.

« Ta rage ne s'est pas éteinte depuis un an, Gaspard ? fit l'autre, goguenard.

– Tu… tu veux la voir ma rage, hein ?

– Je sais déjà à quoi elle ressemble.

– Tant mieux, bonhomme. Car de nouveau tu la subiras. »

L'arme en avant, il se rua sur lui. L'autre attendait qu'il frappe. Et il frappa. Le coup, extrêmement violent, manqua de peu l'épaule du rouquin. Emporté par son élan, il ne put éviter l'aile gauche d'une stèle érigée à la sortie de l'allée. Tout son corps la heurta. Le tournevis, échappé de ses mains, alla atterrir au loin, de l'autre côté de l'allée. Dos au sol, il vit son adversaire marcher droit sur lui. Il cria :

« Non ! Non… Manu. Ne me fais pas ça. Je… je t'en prie. Ne me tue pas.

– Je suis ici en mission ordonnée, glapit le rouquin. Ne me supplie pas, Gaspard. Non, Afy n'a que faire de ta pitié.

– Tu… tu ne peux me faire ça, beau-frère. Tu ne peux pas me tuer pour lui faire plaisir.

– Même tes mots sont des guenilles. Il faudrait que tu assumes jusqu'au bout ton destin médiocre. Gaspard, il faut effacer la mémoire du sang.

– Non, beau-frère, non ! J'ai déjà payé ce crime. J'ai souffert sur le chemin de l'exil. Sais-tu ce que c'est que la faim, le silence, la solitude ? J'ai bouffé des cadavres de chiens et de rats. J'ai subi les écorchures et les viols des clochards. Tout le temps, mon anus a saigné. Tu veux voir les plaies ?»

Il était à genoux. Des genoux écorchés qui se découvraient et sortaient à travers les deux grands trous de son vieux pantalon noir de poussière. Un chaton apeuré devant un buffle eût dissimulé sa frousse avec plus de réussite. Il se mit à trembler. Deux grosses larmes crevèrent sur ses joues.

« Tu ne peux comprendre à quel point elle me possédait. Et elle me possède encore. Dans la mort, cette passion s'est décuplée.

– Qu'as-tu fait de tous ces mois d'insomnie et d'interrogations ? Où t'es-tu caché pendant tout ce temps ?

– J'étais loin d'ici, loin de mes souvenirs, loin de cette terre de larmes. Puis je suis revenu. Je me suis offert un déguisement. J'étais dans la rue à mendier le pain et la générosité des hommes.

– Dans la rue ?

– Oui, je te voyais passer. Je voyais la police chercher mon visage sur les trottoirs. De jour comme de nuit.

– Raconte-moi tout, Gaspard. Je veux tout savoir.

– Tout ? Le soleil est parti. La nuit est là.

– La nuit ne me fait pas peur. Raconte. »

Non, mais non : il n'a pas connu que la mutilation intérieure. Il lui est même resté ces souvenirs onctueux des premiers matins de sa vie de couple. Afy venait d'ouvrir son atelier de couture. Il se rappelle la fraîcheur de son sourire, la richesse de sa toilette quand elle sortait, ronde et brillante dans sa façon d'assaisonner les sens. Il avait sacrifié de sa personne pour installer cet atelier. Il avait emprunté de l'argent; il avait même risqué un geste bas, bien bas dans la cagnotte de l'entreprise où il était chef comptable. Les jours s'égrenant, un contrôle inopiné eut vite fait d'établir la forfaiture. Et ce fut là la chute. Il fut renvoyé, mis en demeure de rembourser. Des nuits blanches. Des jours noirs. L'homme vendit meubles, postes radio et téléviseurs, évita de peu d'atterrir en prison. L'orage passé, le chômage l'attaqua au ventre. Ainsi erra-t-il de charlatan en marabout, de devin en guérisseur. Mais le travail le fuyait, tout se dérobait sous ses pas. Un jour, lors d'une beuverie au bar *Ziboté*, il découvrit les charmes vertigineux de l'alcool à soixante-quinze degrés. Il s'y dissimula, oublia les « dégueulasseries » de son quotidien poudreux. Depuis, il traquait les petites économies de sa femme et allait se dissoudre dans l'arôme du sodabi matin et soir.

Mais dans ce négoce avec l'alcool, l'homme acquit la certitude d'une virilité factice. Il devint violent. Quand il débarquait dans le tard de la nuit et qu'il ne trouvait pas le repas à son goût, il cognait. Il cognait sa femme avec la conscience du policier tabassant le voleur. Au début, Afy supportait le rituel musclé, s'en allait même prier à l'église, demandant à Dieu de préserver leur ménage des griffes du diable. Mais le diable se fit plus régulier, plus violent. Tous les soirs à chaque cuite. Alors, n'y tenant plus, elle alla se réfugier chez sa sœur aînée. Mais l'homme la suivit, vint supplier, se répandit en larmes, jurant ne plus jamais recommencer. Cela se fit une fois, deux, trois... cinq fois. Plus le sodabi revitalisait ses nerfs, plus les coups redevenaient drus, violents. Afy fit une énième fois son baluchon et alla se barricader chez son frère, le rouquin. Lui le détestait, il ne tolérerait jamais qu'il trempe sa sueur, même son odeur à cinq doigts de sa maison.

Gaspard, resté seul, connut la dépression, l'envie de suicide puis le désir de vengeance. C'est alors que la rumeur, la mal-rumeur lui apprit que sa femme avait l'écoute et les câlins d'un amant. Il devint malade, creusant le jour, éventrant la nuit pour surprendre l'horrible vérité et certifier ses angoisses. Jusqu'au petit matin, il errait autour de la maison de son beau-frère, défiait même la pluie, le froid et les moustiques. Jusqu'à cette nuit où il la surprit avec l'homme. « Un vaurien, un avorton avec qui elle était allée pêcher dans quelque bordel crasseux. »

Pouvait-il ne pas réagir ? Il attendit que l'homme s'en fût allé. Le couteau qu'il avait apprêté dormait toujours dans sa poche. Il le dégaina, le montra à la pièce de lune qui décorait le drap noir du ciel. Alors, il osa et pénétra bruyamment dans la maison.

« Je connais bien la suite, interrompit brutalement le rouquin.

– Non, tu… tu ne sais rien de l'état de mon cœur à ce moment. Ma tête était un volcan, mon sang friturait, il ne me restait qu'à exploser.

– Et je t'ai aidé, tu veux dire ?

– Oui, beau-frère. Tu ne m'avais pas laissé articuler une seule lettre. Tu m'as labouré d'injures, tu as aligné des mots féroces et ta haine s'est étalée. Devant ma femme, cette humiliation appelait réplique conséquente. Je ne pouvais plus réfléchir. Mon couteau a parlé à ma place. C'était toi, la cible. Pas elle.

– Tu m'as éraflé la gorge et le couteau a atterri dans son ventre.

– Alors, la panique a pris possession de mon corps et je suis parti loin, très loin. Sur le chemin de l'exil. Et que peut-on essuyer sur ces pistes ingrates ? L'odeur des hommes arqués sur leur destin et des zombies affaissés dans la fange du désespoir. J'ai vécu avec une horde de clochards. Un visage d'ange m'était apparu. Mais les anges échappent parfois au portrait conventionnel. C'était une femme à la folie douce, à l'intelligence délirante. Pour entretenir le ventre du groupe, elle allait vendre, dans le bivouac à proximité du chantier de la nouvelle autoroute, le sucré de son corps. Et ils étaient nombreux, les ouvriers, à acheter à son guichet. Mais l'ange avait pour moi des douceurs et des faveurs. Elle me comblait de tant de gratuités que les autres se hérissèrent en crocs de tigres jaloux. Un jour qu'elle était loin de notre gîte, ils me séquestrèrent, me fagotèrent, abusèrent farouchement de mon corps. Et ce fut l'exil bis. À travers les champs de patates et de maïs, je m'en fus. La faim, la soif, le froid, que n'ai-je pas connu qui ne fut pas souffrance ? Et pour calmer l'amertume de mon estomac, j'ai dû me nourrir des restes de cadavres d'animaux. Puis j'ai entendu la voix d'Afy. Elle m'appelait à la réconciliation. Je suis revenu. Mon amour s'est enrichi de nos larmes… »

Il se tut, ferma les yeux comme s'il écoutait des voix intérieures. Son visage respirait une sereine étrangeté.

« Tu auras toujours raison de me tuer autant de fois que ta haine contre moi l'exigerait, continua-t-il à l'adresse de son interlocuteur. Mais qu'y gagnerais-tu ?

– La satisfaction d'avoir accompli une mission, répondit le rougeaud.

– Égoïste ! Tu seras donc égoïste jusqu'au bout, beau-frère. Ta sœur a besoin de mes caresses, de la chaleur de mes mains. Si je ne suis plus là, qui donc viendrait lui faire l'amour ? Qui ? Toi, peut-être ? »

Le rouquin eut un réflexe d'étonnement.

« Tu… tu violes son cadavre maintenant ? C'est donc à ça que… que tu étais occupé tout à l'heure…

– Il lui manquait mon odeur. Il lui manquait ma présence. C'est pour cette raison que tu lui avais foutu un amant, hein ? Mais je suis là, mon membre a recouvré toute sa vigueur. Tu… tu veux voir ? »

Il se leva et, sans attendre, se débarrassa de son pantalon puis de son caleçon troué. Malgré l'obscurité naissante, son pubis – noir de poils gras et drus – tranchait sur la peau claire de son ventre et de ses jambes frêles.

« Tu vois comme il est beau, mon sexe ?

– Ton sexe, je m'en fous, Gaspard. Laisse-le dormir son éternel sommeil. Fiche-lui la paix.

– Tu ne veux pas me croire parce qu'il n'est pas encore érigé, c'est ça? Mais je vais t'en donner la preuve.

– Arrête là tes enfantillages, cela ne servira à rien. À rien, m'entends-tu?

– Non, mon frère, non! Tu dois savoir que mon sexe a encore de beaux jours devant lui et qu'il est capable de prouesses sur une femme. D'ailleurs, Afy est enceinte. De moi, elle attend un enfant. »

Il ne laissa pas au rougeaud le temps de s'écrier. Il redescendit dans la fosse, en ressortit avec le cadavre qu'il déposa sur la terre ferme.

Ses yeux luisaient; ses gestes, décousus, presque marionnettistes à force de fébrilité, discouraient sur sa surexcitation. De nouveau, il dénuda le ventre du cadavre, il le caressa puis l'embrassa avec force baisers, des baisers bruyants, furieux.

Le rouquin recula. Peur. Vertige. Effondrement. Jamais, sur le cours taciturne de sa vie, ses yeux, ses sens n'avaient accusé un tel macabre. Il se contenta de regarder le maniaque dans ses gestuelles délirantes, incapable de risquer un seul mouvement.

« Son ventre porte ma signature biologique, s'écria-t-il. Dans deux mois, l'enfant sortira de son sein. On l'appellera Béa. Comme feu ma mère. Ma maman chérie. »

Et il s'esclaffa. Un rire trouble, écorché, vacillant. Il s'en tint les côtes, se laissa choir de tout son corps fluet sur le cadavre. La bave, de nouveau, dégoulina de ses lèvres écrasées.

« Oui, je suis là, je vis bien ! » clama-t-il.

Il commença à se frotter le ventre contre celui du cadavre. Il se mit à onduler des reins. Frénétique et endiablé. Le rouquin ne put l'en empêcher. Tout son corps était toujours amorphe, tous ses réflexes rétractés.

Au bout de quelques secondes, l'homme interrompit son manège. Son visage, soudain, se drapa de mélancolie. Il devint fade, amer. Il avait les épaules courbes, la tête rentrée. Le sable, sous ses pieds, avait une épaisseur rude et résistante. Pas comme lui. Pas comme son cœur fatigué d'avoir vainement cherché le chemin qui dévie de l'impasse et du désespoir.

Il s'assit sur le sol, tout nu, tout déconfit. Des larmes dévalèrent de ses yeux. Il pleurait à grand bruit.

« Je suis détestable, avoua-t-il. Oui… détestable. Je suis incapable de lui rendre la vie ou de suggérer la vie en elle. Tue-moi, beau-frère. Abats-moi si tu le souhaitais. Peut-être que la mort rendra les choses moins compliquées… »

Le cimetière n'était plus que gris d'ombres. Et le ciel, soulagé du rouge d'un soleil avachi, se voilait progressivement de pastel étoilé.

Un homme pleurait. Il appelait la mort à la rescousse. Un homme attendait. Il demandait à être inspiré par la raison. Et le courage de tuer.

L'HOMME DIT FOU
ET LA MAUVAISE FOI DES HOMMES

I

Qu'a-t-il à boire la petite fille du regard, un doigt de larme collé à chacune de ses joues? Que veut-il, l'homme, debout devant l'enfant, les yeux grands ouverts, la bave aux commissures des lèvres rose-ciré qu'il étire jusqu'à hauteur des oreilles?

Il renifle, il rit, il grasseye: « Fuit! Han! Han! Han!» Une espèce de soubresaut parcourt son corps, élevé comme un monument de cire, ignorant la cohorte de mouches qu'attire l'odeur pisseuse de sa tunique boba*. Un jet de salive cramoisie s'échappe de sa bouche.

« Tu es là, ma chérie. Tu es enfin là. Viens tout près de moi. »

Il s'approche de l'enfant, la couvre de baisers, s'assoit à même le sol et la prend sur ses jambes. Sa main

---

* Les mots suivis d'un astérisque sont expliqués dans le glossaire situé en fin d'ouvrage, pp. 213 et 214. (N. d. É.)

gauche, lentement et avec une douceur qui contraste avec sa surexcitation, fait le contour de la chevelure crêpée de la petite fille. La volupté. La chaleur de la volupté embrase ses doigts. Il commence à la caresser.

« Je suis maintenant vieux, murmure-t-il, je n'ai plus de lait dans mes seins. Mais c'est promis, je ne te quitterai plus, on ne se quittera plus… »

La jeune enfant ne dit mot. Les yeux immenses mais comme égarés dans ce visage poupin, elle paraît s'abandonner à l'étreinte de l'inconnu. D'un geste spontané, elle offre son corps frêle et décharné à la texture du boba de l'homme, comme on s'abandonne à son lit, englouti par son rêve, dans la position fœtale.

« Quinze jours ! Quinze jours que je ne t'ai pas vue… Ah, je croyais que la fin était proche. Dieu merci, tu es revenue, tu es là… »

Un rire, un brusque rire d'ivrogne le secoue en tous sens. Lui arrache des toussotements aigus, il éternue, il meugle.

« Atchoum ! »

La meute de mouches, ses compagnes de route, s'envole brusquement, effrayée par ces bruits et ces secousses successifs. Sa voix, comme si elle passait au travers d'un entonnoir, une voix de Zangbéto*, commence alors à fredonner une berceuse française.

---

* Zangbéto : divinité totémique du Sud-Bénin, apparaissant sous un masque de hutte en paille sèche. Gardien de la nuit, il interpelle les hommes de sa voie caverneuse. (N. d. A.)

Dodo, l'enfant do
L'enfant dor-mi-ra bien vite
Dodo l'enfant do…

L'effet est immédiat. Car l'enfant, déjà, dort. Elle dort, son énorme pouce dans la bouche, offrant ainsi au plaisir des yeux de l'homme le sommeil de l'innocence.

Le soleil, couleur rouille en cette demi-teinte du jour finissant, s'étrangle derrière la tour immeuble de la Banque centrale. Une traînée de chaleur flotte dans l'air et distille des senteurs de terre mouillée : la voilà, cette atmosphère qui convoque les corps fatigués au repos du juste.

Mais l'enfant, l'enfant a-t-elle parcouru le ciel et la terre pour se glisser, aussi facilement, dans l'intimité d'un sommeil si lourd ? Combien d'épreuves son corps a-t-il essuyées sur le chemin des hommes ?

Ils sont déjà indexés « couple étrange », l'homme et sa petite compagne. Et les passants, toujours à l'affût du moindre spectacle de distraction, retiennent leurs pas. À peine quelques respirations. Et déjà, un rassemblement, un rassemblement d'une cinquantaine de paires d'yeux. Des murmures s'élèvent. Quoique emmêlés, des sons se détachent, intelligibles, colorés d'humeur.

« Qu'est-ce que c'est ?

– C'est un fou !

– Il a réussi à amadouer la petite.

– Il va la violer, bon sang !

– Qui est-il ?

– On ne sait que trop. Un fou sans doute échappé de l'asile. »

L'homme a-t-il conscience de la masse humaine qui l'entoure, se développe et qui bientôt, peut-être, va s'introduire dans son intimité avec l'enfant ? Écoute-t-il les voix qui bourdonnent par-dessus sa tête ?

Il paraît absent, l'homme dit fou, de la réalité du voisinage. On dirait que la seule chose qui existe pour lui, qui lui prend, dans ces instants, l'entièreté de sa matérialité, c'est la présence en lui, sur lui, de l'enfant ; de l'entente qui est née de leur contact, entente si vivante et si charnelle en même temps qu'elle semble suggérer mysticisme et étrangeté.

Brusquement, une main émerge de la foule. Cette poigne, réputée vigoureuse, agrippe l'homme par le pan de son vêtement. Le fou ne bouge pas. Ses petits yeux, étouffés par ses pommettes en forme de yovo doko*, clignent nerveusement. Levant le nez en l'air, il découvre, étagés en gradins, un uniforme bleu ciel, des galons, et une tête allongée comme un tiroir, sur-montée d'un béret de policier.

« C'est moi, c'est bien moi, le brigadier-chef Zéphyrin, tonne l'homme. Fous le camp d'ici ! »

Et d'un geste violent, la « poigne vigoureuse » tente d'arracher le fou à sa somnolence. L'homme s'écrase alors la face contre le sol. Il était déséquilibré. L'enfant, aussitôt réveillée, glisse de ses jambes et se retrouve dans la poussière…

On s'attendait à ce que l'homme dit fou prenne ombrage du désagrément qu'il venait de subir, qu'il réagisse brutalement. Il n'en fait rien. Au contraire. Comme s'il s'efforçait à la dignité, il se relève, époussète son boba puis, penché sur l'enfant, tente de la calmer. Ses yeux ne brillent plus. Quelque chose a disparu en eux, une espèce de lueur espiègle qui leur donnait vie et mouvement et les remplissait de volume.

« T'inquiète pas, ma p'tite », murmure-t-il à l'enfant.

Un geste affectueux, juste et précis et l'enfant se tait, s'accroche au cou de l'homme. Le ton à ras, bien à ras, elle lui dit:

« J'ai peur, emmène-nous loin d'ici…

– Bien sûr, répond le fou. Tout de suite. »

Et il la prend dans ses bras, puis, lentement, la descend dans son dos, à califourchon, comme le font les mères africaines. Il n'a pas de pagne. Mais, avec ses deux bras repliés derrière, il la maintient vigoureusement contre son dos, ses mains recueillant ses fesses-pamplemousse.

Un silence, tout à coup, embrasse la foule. Les regards qui égrènent à la fois l'étonnement, la crainte et la curiosité, détaillent chaque geste du couple comme le public le fait devant des tours de prestidigitateur. Seulement, les gens veulent comprendre: comprendre quelle étrange complicité lie les deux âmes, dans quels buts et pourquoi ont-elles mêlé leurs destinées.

Zéphyrin se mord la lèvre inférieure : furieux. Furieux, parce qu'il a compris que l'homme se moque de lui comme un montagnard de son premier cache-sexe. Sa fureur est d'autant plus impétueuse que son uniforme, ses godillots et sa matraque, qui ont acquis dans le quartier la réputation de tenir la dragée haute au plus effronté des voyous, ont laissé le fou de marbre. Un pied de nez donc… Cela peut-il se supporter ?

« Lâche immédiatement cette fille et disparais d'ici, bordel », vocifère-t-il. Il empoigne aussitôt le gourdin d'ébène qui pend à sa ceinture. Sous un masque de terreur, il dégage ses épaules, fait saillir ses mâchoires de catcheur.

« Le spectacle s'annonce haut en matraque », ironise quelqu'un. La foule, prise de frayeur, recule soudain, d'un mouvement presque entendu.

C'est alors que tout se passe vite, très vite : le temps, pour un affamé, d'avaler une boulette d'akassa. Comme répondant à l'appel d'un sixième sens, l'homme se retourne vivement, face au policier. Aussitôt, ses yeux se ferment. Un cri. Un hurlement de fauve puis les badauds entendent le bruit effroyable de deux coups de poing. Des coups de poing à assommer un chiot.

« Il m'a rompu les couilles. Il m'a bousillé les couilles ! » s'écrie le policier en se tenant l'entrejambe.

La foule, muette de stupeur, regarde Zéphyrin s'entortiller de douleur. À vue d'œil, son pantalon devient humide. Une tache d'urine, partie de ses pompons, s'élargit vers le bas puis s'égoutte: « To, to, to, to. » Mais l'inconnu a profité de la consternation générale pour disparaître. Il a disparu avec la petite fille.

II

La plage est déserte, enserrée entre une cocoteraie exubérante et un rideau d'herbes sauvages. Comme la lanière d'un négrier, des rafales de vent glacé venu de la mer fouettent végétaux et dunes avant de pousser, plus loin, leur vagabondage.

Malgré la couverture de grosse toile qui l'enveloppe, la petite fille grelotte. La chaleur de la vieille lanterne fumant à son chevet ne suffit pas à tiédir l'atmosphère du hangar.

« J'ai froid, chuchote-t-elle en se retournant sans cesse.

– Tu n'auras plus froid, mon enfant », vrombit tout près la voix de l'homme.

Il n'a pas dormi de toute la nuit. Comme d'habitude, il a égrené chaque seconde de sa solitude à s'exciter contre les chiques qui logent en grappes compactes dans ses orteils. Mais aussi à veiller sur la petite fille. Avec ses propres berceuses, il a tenté d'aider l'enfant à écraser son insomnie.

« J'ai froid », insiste-t-elle.

L'homme se penche sur elle. Son visage, roussi par la lampe lanterne, semble s'être oublié dans le temps, dans le silence d'un rêve aux émotions tour à tour vives et retenues. Des émotions. Qui paraissent s'agrafer, dans sa tête, à des souvenirs aujourd'hui mal articulés. Sans hésiter, il se dévêt, improvise sa chemise boba en couverture et en enveloppe la petite insomniaque. Pour la première fois, l'enfant lui sourit. Elle lui adresse un sourire large et franc qui lui administre soudain une douce brûlure au cœur. Il se sent vivre, l'homme dit fou, il rit aussi.

Ah, que de fois il a attendu ces instants ! Que de jours et de silences avalés dans la moiteur du temps ! Ah, mon Dieu, il a enfilé les vêtements exigus de la patience, il a dû s'exiler, en dehors de lui-même, au bout de lui-même pour réapparaître dans un coin de son âme. Réapparaître. Mais ne dit-on pas alentour qu'il est fou ? Fou ! Fou ! Fou ! Ah, que peut-on face à la mauvaise foi des hommes ?

Tout à coup, l'homme se dresse sur son séant. Il voit la petite fille se figer, son visage se rembrunit, le sourire s'écrase net sur ses lèvres.

« Là, là, dit-elle en indiquant du doigt.

– Que… qu'y a-t-il ?

Devant eux, une silhouette aux contours féminins. Oui, là, là, c'est bien une femme : une robe de mousseline translucide, mais enserrée à la taille par un pagne, la dessine tel un épouvantail dans la naissance de l'aube.

Comme s'il s'était préparé à cette intrusion, l'homme s'arrache promptement à sa torpeur et s'avance à la rencontre de l'inconnue. Les rumeurs du vent venant de la mer faiblissent à mesure que la nuit se décolore.

À quelques mètres d'elle, il s'arrête. Regards. Haut-le-corps. Aucun mot. Ni d'un côté ni de l'autre. Mais les deux âmes semblent s'être comprises, semblent s'être parlé. Déjà. À la faveur d'un dialogue langagé par le regard et le silence des gestes. Et pour appuyer sa pensée, l'homme grasseye brusquement.

« Non, tu ne l'auras pas ! J'ai dit non !

– Je veux ma fille, Prosper, crache la femme avec agressivité. Elle est à moi. Rends-moi ma petite Viscencia.

– Elle ne veut plus de toi, rétorque-t-il. Laisse-là en paix. Va-t-en ! Fous-moi la paix !

– Il n'y a pas de secret entre une mère et sa fille. Si elle ne voulait plus de moi, elle me l'aurait déjà dit. »

L'homme est torse nu. Les traits de sa poitrine, léchés par le souffle du vent, semblent s'être retroussés jusqu'en lui-même. Deux larmes de sueur courent dans son dos, tout fumant, comme des crachats libérés aux jarrets.

« Tu la maltraites, la pauvre fille… Elle est couverte de blessures. Non, elle ne partira pas avec toi. »

Aussitôt, elle se met à crier, à hurler :

« Viscencia, viens ! Viscencia, nous rentrons à la maison viens, chérie ! »

Alerte, la petite fille. Debout derrière l'homme, elle avance de deux pas, mais le regard brouillé, les gestes cousus, le cœur tressautant.

« Non, petite, tu ne vas pas la suivre, lui lance l'homme. Dis, tu ne me feras pas ça?

– Viens, Cincia, viens. Je suis là, ma chérie. Je suis là!»

Peur? Hésitations? La petite fille est sans voix. Mais la femme, devinant son embarras, marche droit sur elle et l'empoigne vigoureusement. Lui a-t-elle fait mal? Un cri aigu s'échappe de sa bouche.

Et l'homme dit fou, pris d'une rage insensée, se jette sur la femme. Ses mains cherchent et trouvent aussitôt son cou.

« Tu vas la lâcher, vieille sorcière, hurle-t-il en pressant de plus en plus fort, tu vas la lâcher!»

La femme s'agite quelques instants puis s'affaisse d'un seul coup, la tête renversée. Sa poigne, sur l'enfant, s'ouvre lentement puis libère aussitôt le bras. Un spasme la secoue et elle se raidit, les paupières closes.

« Elle a eu son compte », hurle l'homme dit fou.

Alors, prenant la petite fille dans ses bras, il s'élance sans attendre. Dans la pâleur de l'aube.

La rumeur, cette rumeur-là, irrépressible comme la barbiche du bouc, fait toujours le tour de la ville avant d'échouer dans les oreilles de la police. Ou dans la plume des journalistes. *La Gazette du temps*, journal spécialisé dans les odeurs de cadavres et d'histoires sordides, a apporté, sur la foi du flot de salive suscité par la découverte du cadavre, une enquête de son cru.

« Un cadavre, a-t-il écrit, a été découvert ce matin, sur la plage Plah-Codji. Les gens du quartier, salive prompte au bec, ont salé à leur façon l'événement avec des condiments particuliers. Selon le brigadier-chef Zéphyrin, le cadavre est celui d'une femme qui faisait la manche à la Bourse du travail en compagnie de sa fille de neuf ans. D'ailleurs, cette enfant, on l'a vue, la veille, avec un dérangé mental, son papa de l'avis de certaines langues déliées. La police soupçonne ce fol individu d'avoir assassiné la pauvrette car l'homme crèche, paraît-il, dans les fonds marins de la côte ouest de la ville. Il coule de source donc que les deux se soient disputés sur la garde de l'enfant. »

Cette littérature étant bon marché, le journal se vendit le soir même comme des boules d'akassa.

III

Au milieu du marché, l'homme dit fou, soudain, s'arrête. L'enfant accrochée au dos, il se dirige vers une des vendeuses occupant le hangar des cantines. La dame, qui étale à pleine vue, en même temps que son riz cuit à l'eau, ses mamelles en forme de tubercules, se saisit du coup de sa spatule, la mine agressive.

« Approche un peu pour voir », menace-t-elle en montrant son arme.

L'homme dit fou change aussitôt de chemin. Il se faufile entre les hangars et disparaît bientôt dans le flot chamarré des clients coulant là-bas, vers la lagune.

Plus loin, à hauteur des charcutiers, il s'arrête. Une odeur de gabriel* accommodé à l'ail lui tombe droit dans les narines. Il sent des bourdonnements dans le ventre, « clo, clo, clo, koui! koui!». Une coulée de salive s'énerve déjà sous sa langue.

« J'ai faim, se plaint la petite fille.
– Toi aussi? Attends, on va voir. »

Il a le flair de Dieu, l'homme, le goût du peuple aussi. Le nez en l'air – chien reniflant – il n'a aucune peine à retrouver la gargote qui ventile des odeurs si entraînantes. Ici, il y en a pour toutes les narines et pour toutes les gorges. Au fond du hangar, les clients, entassés sur des bancs, s'empiffrent grassement avec des morceaux de viande accompagnés de boulettes de piron*. Par à-coups, la bière mousse dans les palais et les gorges se referment sur des rots et des rires bruyants. « Haaa, c'est bon!»

Sur la gauche, assises sur des escabeaux, deux vendeuses. Elles servent et rationnent devant un parterre de marmites toutes pleines. La patronne des lieux, Mamie Power, ronde comme un gâteau et couverte de bijoux, surveille d'un œil ferme vendeuses et clients. Quoiqu'un peu en retrait, elle tient sur sa cuisse la caisse, une grande poche cousue dans de l'étoffe sauvage, du jean américain.

Le fou descend la fillette de son dos et se glisse furtivement sous le hangar, le regard accroché aux marmites. Il a tellement salivé qu'un filet de bave s'est glissé de sa bouche, faisant un collier sous le menton. Les clients qui attendent d'être servis reculent aussitôt en lui faisant place.

« J'ai faim, j'ai faim, dit-il en regardant fixement les deux vendeuses. J'ai faim et la petite aussi. »

La patronne, après un instant d'hésitation, se lève et enjoint les serveurs, deux solides gaillards, de s'occuper de l'homme et de l'enfant. Après tout, un fou est un fou : ils mangeront dans une assiette émaillée, ils boiront dans un bol troué. On ne leur servira que les restes laissés par les clients, nom d'un chien... !

Sur une vieille natte trouée et laminée par les crottes de chauves-souris, les deux intrus prennent leurs aises. Geste de patriarche pour l'homme, allure de princesse pour la petite. D'ailleurs, une mauvaise odeur ne trouve jamais de chemin dans les narines d'un f... Quelques os et claquements de mâchoires plus tard, la petite fille se tient le ventre.

« Ah, tu es repue, maintenant ? lui demande l'homme. Attends, je vais bientôt finir. »

Il a une langue-parmatoire*, lui. Avec ce don s'est depuis toujours imposée à lui l'envie de lécher ses assiettes après repas. La belle occasion que voilà. En deux temps, trois mouvements, les plats sont propres. Satisfait, il se racle bruyamment la gorge, puis dit, tendant les assiettes aux serveurs :

« C'est propre, hein ? Je vous ai dispensé de faire de la vaisselle. Maintenant, il me faut une bonne rasade de vin. Et une bouteille de limonade pour ma chérie. »

Provocation ? Incongruité ou simple humeur de fou ? Non, c'est trop de toupet…

Les serveurs sont perplexes. Ils se demandent s'il aurait mieux valu pour eux de « vider » le fou et sa petite traînée du hangar, ou si Dieu pourrait leur permettre de leur administrer un savonnage de premier cru.

« Dépêchons-nous, appuie-t-il. Je dois rencontrer le président-directeur général de la Banque centrale. »

La patronne s'arrache aussitôt de son siège. Jamais elle n'a eu le sentiment d'être aussi près de sa réputation de Mamie Power, « Mamie-qui-crache-du-feu ». L'air digne, pouf pouf dans le vent, elle ordonne à ses serveurs de « dégager à l'instant même ces débris humains de sa gargote car sa colère, mon Dieu, sera dévastatrice… ! »

Mais l'étrange personnage est toujours à son aise. Il s'est même étendu sur la natte, les pieds repliés. Avec ses ongles cornés et noirâtres, il introduit ses doigts dans sa bouche et commence à se curer les dents. C'est à ce moment que sa vision se peuple de deux visages agressifs… Il sourit.

« Alors, ça vient, ce vin ? Le président-directeur général de la Banque centrale ne me pardonnera pas mon retard. »

Le plus costaud des serveurs se penche sur l'homme. C'est froid, ce visage fade. C'est froid, cette gueule humide où tremblent des muscles tassés et nerveux. D'une charge brusque et décisive, il saisit le fou par le poignet. Mais une force, une force inouïe le projette violemment au loin. Soudain, bruit d'os qui craque. Et un cri. Le jeune homme étendu sur le sol se démène, vodusin* en transe, tenant son bras gauche qui s'enfle à vue d'œil.

« Nous irons prendre notre bière et notre vin ailleurs, Viscencia, dit-il à la petite en se levant. Tout est pollué ici. »

Et, tenant l'enfant par la main, il disparaît dans la multitude grouillante du marché.

Une rumeur diffuse commence dès lors à traîner sur les pas de l'homme.

IV

Au moment où l'ombre des caïlcédrats s'allonge de dix bras vers la mer, le couple étrange apparaît du côté des trois banques. Il est quinze heures trente et, pour l'homme dit fou qui est toujours en avance sur toutes les aiguilles du monde, ce moment est bien l'heure de passage du président-directeur général de la Banque centrale.

L'homme a sur le visage comme cinq cuillerées à café d'huile d'arachide. Les yeux encore tout rougis du sommeil de la sieste, il est debout, à l'entrée du portail, ramassé sur ses nerfs, la tête de la fillette affectueusement collée au flanc.

« Regarde l'ombre du caïlcédrat… et on n'est même pas fichu de venir au service à l'heure, quels temps ! »

Soudain, le vrombissement d'une voiture marque le temps de l'autre côté de la chaussée. L'homme s'ébroue aussitôt. Les os de son corps craquent.

« Ah, fait-il en souriant. Ce n'est pas trop tôt. Le voilà. »

Une voiture noire et luisante telle une salamandre de mer s'étire de son long avec trois hoquets à peine audibles. Les vitres sont fumées, tirant sur du vert métallisé. On a beau avoir de gros yeux, les écarquiller autant qu'une chouette, ces vitres vous tiennent en respect, protègent contre la curiosité malsaine des passants. Un P.-D.G. de banque n'est pas un dresseur de volaille.

À dix doigts de l'homme dit fou, la voiture s'arrête. Lui ne bouge même pas. À peine se frotte-t-il les oreilles. Le chauffeur du P.-D.G., irrité, se met alors à klaxonner furieusement. Mais l'homme ne s'en inquiète guère. D'ailleurs, les klaxons sont-ils faits pour les fous ? À moins de s'en curer les oreilles…

Le portier de la banque, qui siestait dans sa guérite, se réveille en sursaut. Il faillit même avaler sa langue quand il voit le fou, sorti d'où le diable sait et barrant l'entrée de l'établissement. Il lui montre son poing énorme.

« Disparais ou je te…, menace-t-il.

– Doucement, mon ami, doucement. Tu ne dois rien craindre pour ton salaire. Je suis venu voir ton P.-D.G. pour affaires et je plaiderai pour une augmentation de cinquante pour cent de tes misères mensuelles.

– Pardon ?

– Ma parole, on dirait que tu as du plomb fondu dans le creux des oreilles ! Laisse-moi palabrer avec ton patron ! »

N'y tenant plus, le portier bondit hors de sa cage et se précipite sur l'homme. C'est un dogue ça, un véritable berger dressé pour réagir avec ses crocs. Son poing fend alors l'air vers la tête du fou. Mais, à un centimètre de sa cible, il sent une vive brûlure lui monter dans la main. Une espèce de décharge électrique qui lui meurtrit le poing. Le hurlement de l'agresseur s'étouffe dans la gorge. Sa main ensanglantée, déchiquetée, il s'écroule, évanoui.

Le P.-D.G., qui s'imagine qu'il était jusque-là le seul au monde à se prendre au sérieux, descend d'un pas cascadé de sa voiture salamandre. Rendu poussif par ce théâtre d'un surnaturel saugrenu, il interpelle l'homme :

« Qui es-tu, toi qui utilises les incantations des sorciers ?

– Prosper ! Prosper Natchaba, P.-D.G. de la République des fous. Dommage, ajoute-t-il en montrant l'intérieur de ses poches, dommage qu'il ne me reste plus de cartes de visite. Je vous en apporterai à la prochaine occasion.

« – Que veux-tu ? Que me veux-tu ?

– Je suis venu pour affaires. Et voici ma secrétaire. » Le fou montre la petite fille.

Le P.-D.G. ressent comme une crampe à l'estomac. Une crampe qui l'étreint rarement et qui peut même l'amener à étrangler un dinosaure. Doit-il continuer de s'abaisser à discuter avec ce... ce calleta* ?

Il retourne brusquement à bord de sa voiture. Il va téléphoner au commissariat central, aux forces armées du pays pour qu'on vienne « déboucher » l'entrée de la Banque. Qu'on le fusille cet impertinent, qu'on le tronçonne ; qu'on le transforme en pâte, en bouillie, en tout ce qu'on veut, mais qu'il disparaisse, nom de Dieu !

Malgré la climatisation antarctique de la voiture, ça sue et gicle abondamment. Trois mouchoirs n'ont pas suffi à éponger le P.-D.G. Le brave homme a l'impression qu'on vient de le plonger tout nu dans un canari, et qu'il tomberait sous peu dans un fleuve.

Au bout de sept mouchoirs, la voix de l'inspecteur Malou grésille dans le répondeur accroché à l'oreille du P.-D.G.

« Nous arrivons tout de suite, mon Président. Vous me donnez l'occasion rêvée d'épingler ce malfaiteur.

– Ce n'est pas trop tôt. »

Au-dehors, l'homme dit fou, qui a la compréhension facile des choses incompréhensibles, est envahi par une bouffée de chaleur. Il sait déjà, sur la foi de ses dons, qu'une armée de policiers est en route pour venir le transformer, lui, en barbecue.

« J'ai peur, bredouille l'enfant.

— Pourquoi, ma chérie ? Si je suis là, personne ne pourra hasarder un doigt sur toi. Personne. Aie confiance en ton vieux père. »

Il se gratte la tête et laisse échapper une volute de poussière. Un essaim de poux tombe juste sous ses pieds.

« Mêlez-vous de ce qui vous regarde… », s'énerve-t-il en écrasant les bestioles de ses talons.

V

La sirène hurlante de la police défraie tout à coup le ciel et les oiseaux se dispersent en sauve-qui-peut. Une fourgonnette remplie d'uniformes bleus s'arrête devant la banque dans un crissement de pneus. Mouvements de branle-bas. Une dizaine de policiers mettent pied à terre, prennent position devant l'entrée de l'établissement.

L'inspecteur Malou qui, à l'envers du brigadier-chef Zéphyrin, a l'expérience des enquêtes à forte coloration de gris-gris, a été investi pour venir rhabiller le fou et le fagoter. Enfant de son père, c'est-à-dire fils de féticheur, il ne manque jamais la moindre occasion d'éprouver la puissance de ses charmes et de ses pentacles.

À son tour, il descend de la fourgonnette et rejoint, de l'autre côté de la chaussée, la voiture salamandre. Il tient d'abord à rassurer le P.-D.G. pour lui éviter de tomber raide mort devant l'arrogance du fou. Malou est contre la corruption de la police, mais un billet de banque, gracieusement offert par ces temps de canicule monétaire, n'est jamais mauvais.

« Allons, dépêchons-nous, le temps n'est pas à la littérature, coupe le P.-D.G. qui fait remonter aussitôt la vitre de sa voiture.

– À vos ordres, mon Président. »

La poitrine haute, l'avant-bras chargé d'un pistolet-mitrailleur, l'inspecteur se dirige vers l'entrée de la banque. D'un geste de chef, il ordonne à ses hommes de baisser leurs armes. Il va palabrer avec ce diable de fou avant de songer à le tuer ou à le neutraliser si le bon sens ne venait pas à son secours.

L'homme, lui, bouge à peine. Il paraît calme, le visage plutôt amusé, caressant de la main la petite fille. Malou sent le regard de l'homme le fouiller dans tous ses replis intérieurs, comme s'il voulait lui arracher un secret. Il perçoit même une sorte de lumière descendre en lui, exciter son sang, l'irriguer jusqu'au débordement.

« Prosper, écoute-moi bien, hasarde-t-il d'une voix embrouillée: c'est la seule chance qu'il te reste de te rendre. Tu as toute la police contre toi seul. Aucun espoir de t'en tirer. »

L'homme dit fou s'esclaffe bruyamment et se retient à temps pour ne pas tomber.

« Arrête, tu vas me rendre fou, lance-t-il. Je suis venu à un rendez-vous d'affaires et tu viens m'accueillir avec des cow-boys de poulailler.

– Tu as agressé le brigadier-chef Zéphyrin, tu as assassiné la mendiante de la Bourse du travail, tes victimes se comptent par dizaines. Rends-toi.

– Ah, c'est ça ? Mais je ne peux pas passer du rouge à lèvres. Ce n'est plus de mon âge. Si tu veux mon avis, de l'eau de Cologne suffirait. »

Malou ne sait plus par quel bout enchaîner pour amener l'homme à réagir brutalement, à devenir agressif. Le même avertissement, le seul, s'active une nouvelle fois sur ses lèvres.

« Tes airs de sorcier ne me font pas peur, Prosper. Dégage l'entrée ou on t'écrabouille…

– Oui, le temps presse. Je n'ai qu'à mettre ma signature au bas du document. Vingt millions de dollars, cela vaut la peine. Tu ne trouves pas ? »

Le policier sent, à ce moment, que seul son doigt qui se trouve sur la gâchette de son arme a la faveur du verdict. Il vient d'en ôter le cran de sécurité. Son assurance est revenue, le gonflant en dinde repue et altière.

« Je te tiendrai responsable avec ce bordel que tu fous dans ma maison, policier. J'en parlerai à Jésus-Christ. »

C'en est trop. À peine le doigt de l'inspecteur chatouille-t-il la gâchette de son arme qu'une volée de mitraille sort du canon, tout fumant. Tout droit sur le fou et l'enfant.

« Tac-tac-tac-tac-tac… ! »

Silence. Un court silence couvre l'espace, le temps de s'ouvrir à la réalité. Mais stupeur. L'homme dit fou est toujours là, debout, avec son enfant, indemne tel un paquet postal. Il avance son poing qu'il ouvre grandement, laissant tomber une dizaine de balles.

« Laisse ce boulot aux chasseurs, assène-t-il au policier éberlué. C'est moins pénible pour un professionnel. Le sort de l'anus est de laisser passer du caca, pas de faire autre chose, diantre ! »

Alors Malou ne se retient plus. Il vide toute sa cartouchière sur le fou tout en crachant un flot d'injures, de malédictions et d'incantations. Trois respirations plus tard, le fou lui montre les balles que ses mains ont recueillies.

« Je n'y peux rien. Tu vas pas m'en vouloir si tu es si idiot ! »

Que peut-on faire d'un homme dit fou, goguenard à l'envi, provocateur du diable et qui se paie le luxe, au nez et à la barbe de la police, de se rendre invulnérable ?

L'inspecteur vit un véritable drame. Sa hargne, amplifiée par l'arrogance du fou et son apparente invulnérabilité, s'enflamme de plus belle. Alors, il jure tous les ancêtres et les fétiches de son père, improvise un peloton d'exécution et ordonne une fusillade magistrale contre l'homme. Et, pendant deux minutes, les canons groupés vomissent toutes leurs entrailles, balles et fumée.

Écran de silence. Attente interminable. Mais le fou, plus vivant qu'un cancrelat dans le malheur, jette devant lui une corbeille remplie à ras bord de balles.

« C'est dommage, conclut-il, qu'on n'ait pas voulu tenir compte de mes propositions d'affaires. Mais ce n'est que partie remise. Je reviendrai. »

Alors, prenant sa fille par la main, le fou fixe le soleil et se surprend à marmonner entre ses lèvres.

« Notre place n'est plus ici, fait-il à l'enfant. Nous partons. »

VI

Le lendemain, *La Gazette du temps* diffuse sur la fusillade de la Banque une littérature d'arrière-cour. Littérature à sauce épaisse telle que les gens d'ici l'aiment : qui détaille l'histoire de l'homme dit fou en tranches de tragédie des temps modernes.

« Prosper Natchaba qu'il dit s'appeler, né à Zogbodomey en l'an mil neuf cent kpokpodo*, ancien cadre économiste, licencié de la fonction publique devenu fou, fou à tuer. Échappé de l'asile, ce dérangé mental a étranglé de main vive son ancienne épouse, kidnappé sa propre fille, ensorcelé et blessé plusieurs personnes. Il a défié la police parce que devenu invulnérable aux balles… »

Mais la ville, les marécages-ghettos de la ville bruissent d'une autre explication : ce sont les ancêtres et les dieux qui, mécontents du sort que l'on fait aux fils du pays, ont emprunté le corps d'un fou pour remettre de l'ordre dans la maison. Et dans la tête des responsables politiques. Version trouble, version-piment qui, à l'instar d'une mauvaise piqûre, déclenche aussitôt dans le pays la fièvre de la tremblote. Une clameur s'élève partout : « Odjé, odjé, djé, djé ! » La panique gagne bientôt les politiciens, précisément ceux qui ont mauvaise conscience – un politicien, un vrai qui n'a pas une tache noire sur la conscience, peut-il vraiment vivre de son métier ?

Le maire, lui, en a été troublé, piqué jusqu'au cœur au point que, lors de son repas de midi, il a mangé de travers des arêtes de poisson. C'est un complot ! Un complot ourdi par les fous ! Malheur aux hommes dits fous ! Le Conseil municipal décrète d'emblée l'état d'urgence et organise une chasse systématique contre les fous en « divagation libre ». Mais de Prosper Natchaba, cerveau présumé du complot, point de trace. Avec son lot de gris-gris, il avait, dit-on, disparu avec la première teinte de l'aube.

Alors, quadrillés, entassés, numérotés entre zéro et quinze mille six cent quatre-vingt-dix, tous les hommes dits fous ont été mis en asile surveillé et contraints de passer aux aveux. Mais quels aveux ? On tapa dans du fou, on mordit dans du fou, on canarda dans du fou. Pendant deux jours, trois nuits car, plus que quiconque, les fous possèdent l'art de rendre furieux des soldats meurt-de-faim, ceux qui ne jurent que par leurs armes.

C'est alors que Prosper Natchaba apparaît. Il apparaît au brigadier-chef Zéphyrin, sous le coup du soleil de midi, drapé dans un boubou blanc-de-coton, sa petite compagne toujours dans son ombre. Il demande à être mis aux arrêts à condition que les quinze mille six cent quatre-vingt-dix fous soient relâchés et que lui, Natchaba, P.-D.G. des siens, soit reçu en audience par le maire le lendemain même et en tenue naturelle !

« Pourquoi ? lui demande-t-on.

– Parce que c'est la tenue de combat et de vérité. » Et il ajoute :

« J'exige aussi que la télé soit présente pour retransmettre en direct toute l'audience. »

Le maire a-t-il le choix devant une telle gratuité d'insolence ? En tout cas, il paraît qu'il s'est vu contraint d'accepter cette proposition, sur l'insistance grave d'un collège de sorciers et de son gourou spécial. Ce serait, ont-ils dit, l'occasion pour eux de « conjurer le diable qui s'agite en l'homme ». De fait, on cache cette décision sous la magnanimité habituelle du maire et de son sens de la palabre dialogale africaine.

Dans la fureur de cette après-midi brumeuse-là, toute la ville s'est retrouvée dans la fièvre de ce sous-l'arbre-à-palabres médiatique, les yeux soudés à l'écran de la télévision nationale. Sur le plateau, l'homme dit fou, nu comme un asticot, en entretien avec le Premier Représentant de la municipalité, une conversation étrange.

Celui-ci, sans ménagement, le prend au collet au détour d'une phrase:

« Pourquoi avez-vous décidé, toi et les tiens, de prendre le pouvoir? commence le maire.

– Si on en veut tant aux "fous" comme vous dites, c'est que quelqu'un a peur de la vérité.

– Quelle vérité? Selon toi, qu'est-ce qui est anormal dans le pays? Parle, ta vérité sera la mienne. »

À cette question, Prosper Natchaba se gratte les poils du pubis qui couinent sous ses ongles, « grat-grat-grat », comme des crépitements d'eau de pluie sur une toiture de vieilles tôles ondulées. Il sourit, nerveux, puis fixe le maire de son regard goguenard.

« Tous les péchés de la terre ne sont pas réunis ici, dit-il. Mais il y en a deux qui risquent de passer en travers de votre gorge.

– C'est-à-dire?

– Le pays souffre de la Banque mondiale et du Fonds monétaire international.

– Je ne vois donc pas le mal.

– Ah, j'ai compris, fait l'homme dit fou en pointant l'index au plafond. Vous voulez un crayonné. Monsieur le maire, c'est simple: il y a vingt mille fonctionnaires de l'État qui ont perdu leurs protège-faim mensuels et qui tirent à la maison le diable par le cul. Les jeunes diplômés sont pris à la gorge par le chômage. Je ne parle pas du sida et de qui a déjà étendu ses cantons dans les collèges et les universités. Aux prochaines élections, demandez-nous d'élire la Banque mondiale. »

Le maire, tout le monde le sait, est un homme qui a la tête proche, trop proche du bonnet. Si jusque-là sa voix n'a pas encore violé la solennité des lieux, ce n'est nullement parce que le sang ne lui est pas encore monté à la tête. Il tient scrupuleusement à « soigner en direct son image télévisuelle de marque » et à respecter la parole donnée à ses gourous.

« Tu as vu mes cheveux, Natchaba ? On dirait que tu n'as pas chez toi la photo d'une personne respectable.

— Demain, si la Banque mondiale vous vend au chômage à dix francs, vous m'en causerez un brin là-dessus. C'est promis, n'est-ce pas ? »

Le maire est au bord de l'explosion.

« C'est donc vrai que tu prépares un coup contre moi ? s'énerve-t-il.

— Levez-vous de votre fauteuil et vous verrez si je n'y poserai pas les fesses. »

Et c'est là que le blanc de panne apparaît sur l'écran de la télévision nationale. Le son n'étant pas coupé, on entend, pendant quelques minutes, un grand fracas, suivi de gros éclats de voix, enchaînant incantation sur incantation. Sur place, à la mairie même, une odeur de soufre flotte partout, empreignant pagnes et chemises jusqu'à la nausée.

Le soir, dans les bas quartiers de la ville, on raconte que le fou s'en est allé. Il s'en est allé chez les ancêtres avec son enfant, dégoûté de la vie cramoisie qu'on mène ici-bas. Quelqu'un – il y en a toujours en la circonstance – l'aperçoit en ombre frêle et pâlotte s'évanouir dans la chair de la nuit. Sa bouche aurait même laissé tomber cette phrase remplie de prophétie qui entaille encore la conscience des gens du pays :

« Je reviendrai vous délivrer de la mauvaise foi des hommes. »

LE MONSTRE

À la mémoire de Sony Labou Tansi

CÉSARIA avait marché. Sous les crachats du ciel, lentement et sûrement, elle avait marché.
De Catchi à Dégay-Gare, juxtaposer les pieds l'un devant l'autre pour réapparaître là, dans cette nuit noire, dans cette ruelle où son mal avait pris racine, où son corps avait été troublé, il fallait que le diable eût surgi dans sa vie, il fallait que le diable l'eût mordue. À l'endroit comme à l'envers.

Césaria. Un nez, un menton, une gueule. Une petite gueule qui s'entêtait, qui ne voulait ressembler à rien d'autre qu'à l'image tragique du péché. Ah, mon père: ça a l'air de quoi, le péché? Ici, par pudeur, on dit « illustrée de la mal-vie ». La mal-vie qui peut expulser de leur tranquillité, pousser dehors tous ceux sur qui la non-jouissance du quotidien et l'impossible espoir pèsent sévèrement sur les épaules.

La ruelle était restée telle quelle: sinistre. Elle portait les traces et les couleurs des souvenirs mutilés. Césaria reconnut sur les murs lépreux, mais tatouée par le temps, cette affiche de prévention contre les grossesses indésirables. À l'adresse d'un homme tenant douloureusement un gros ventre, une question mi-lancinante mi-surréelle : « Et si c'était toi qui étais enceinte ? »

De ses mains crispées, Césaria mesura le volume de son ventre, cet énorme truc rebondissant à travers l'étoffe amincie de ses vêtements bouffants. « Oui. Et si c'était lui qui la portait, cette grosse boule ? »

Jamais auparavant elle n'eut le sentiment que cette charge fût si honteuse, si inutile, si disgracieuse. Jamais elle ne l'avait autant ressentie comme un monstre abject, sournois, accroché au fond d'elle, dans le lacis et le secret de son corps. Elle eût voulu que ces gouttes qui tombaient du ciel se transformassent en piquets. Elle aurait aimé s'embrocher sur eux, s'éventrer jusqu'au sternum pour se délivrer, se débarrasser du monstre. Est-ce vrai, mon Dieu, que je ne suis pas maudite ?

Elle se mit à trembler. De ses yeux aussi des traits de larmes, de longs traits comparables à ceux qui ruisselaient sur son corps, crépitaient sur le macadam. Alors, de nouveau, la voix résonna en elle :

Ne le laisse pas cuit en toi
Sors-le, éjecte-le
Que déjà il a souillé ton sang
Et il ne tient qu'à toi
De l'achever ou d'être achevée.

Les eaux qui dévalaient la pente de la ruelle roulaient en flots saccadés. Leur écume déchirée s'accrochait aux débris d'ordures encombrant le trottoir. Césaria se précipita dans un dédale filant en contrebas, au milieu des maisons mal famées qui écrasaient le paysage. Elle avait reconnu le hangar où elle avait été violée. Elle avait reconnu ce coin de porc où, six mois plus tôt, cet homme masqué l'avait écartée et instruit en elle l'horreur et les étapes douloureuses de la maternité. Une nuit noire. Par un temps de pluie. Comme celui-ci. Et c'est ce même temps qu'elle a choisi, ces mêmes lieux qu'elle a identifiés pour venir se délivrer du tragique intrus.

*

L'enfant n'avait pas les traits d'un monstre. Minuscule. Un petit corps figé dans la rectitude d'une momie, tout couvert de sang et des évacuations placentaires. Vivant et bien cuit, il eût été peut-être plus beau. Mort, il évoquait la maquette d'une poupée grimaçante, un fétiche d'argile hâtivement modelé par une main amateur.

La jeune femme considéra une dernière fois le cadavre avant de l'emballer dans un pagne puis dans un sac plastique. Où cacher, jeter maintenant ce colis encombrant ?

Déjà quatre heures. L'aube, sous cette pluie, avait la longueur de trois journées de marche. Césaria glissa le coude sur le ventre haï : toujours énorme mais enfin délivré du petit monstre. Deux heures de travail pour en arriver là. Deux heures de souffrance contenue, une autochirurgie aux écorchures douloureuses. Ce savoir – charcuter – elle l'a reçu de sa cousine « pouah », comme on dit dans sa famille, cousine qui exposait son cul-boutique rue Jonquet. Il avait fallu enchaîner geste sur geste, ciseler, couper, couturer pour descendre dans son corps. Un choix, ma chérie. La nuit des grands choix.

Quatre heures trente. La pluie avait cessé. Sur la corniche du quartier Saint-Michel se découpait, dans l'aube blanchâtre, le petit pont qui enjambait les eaux d'évacuation sinuant vers le lac tout proche. Ah, ces eaux accueillantes où l'on jette les ordures des maisons alentour ! Elles accueilleraient bien un sac, un tout petit sac en plastique ! Là, à jamais sera oublié ce monstre.

« Césaria, Césaria ! »

Cris. Appel. Voix saignante, voix désespérée d'un homme.

« Césaria, Césaria ! »

Elle se retourna, vive. La silhouette se détacha de l'ombre. Un museau, des oreilles en éventail, des yeux rétrécis, une tête de… Elle reconnut la trogne du père Dossou. Son oncle et tuteur. L'oncle fouettard. Mouillé comme un mouton lainé, les épaules rondes et basses, les yeux curés par une violente excitation.

« Que veux-tu faire, malheureuse ? Donne-moi ce plastique, donne-le-moi tout de suite ! »

Plus qu'un effarement, une raideur. Dans le ventre, dans les muscles, elle sentit des frissons, de la vapeur. Elle ne comprenait rien. Elle ne comprenait pas par quel extraordinaire cet homme se trouvait là. Elle jugea impossible qu'il fût là, en face. Non. Pas le hasard. Pas donc le hasard !

« J'ai tout vu, postillonna l'homme. Je t'ai suivie depuis des heures. Donne-moi mon enfant. Donne-moi mon prématuré... »

Césaria recula, la terreur dans les yeux. Des pensées crues, des pensées morbides, rugueuses. Un enchaînement sur ses lèvres. Elle hurla :
« C'est donc toi qui m'as... m'as violée. C'était donc toi ce monstre cagoulé. Ce n'est pas vrai ! »
Elle attendait qu'il démente, qu'il récuse. Mais non, l'homme se livra, il se délivra.
« Oui, c'était moi. De la folie, j' te jure... Mais tu m'excitais. Tu me hantais. Fallait pas t'attarder sous la pluie, cette nuit-là. Mais je savais pas que j'étais capable de faire un gosse. Donne-moi ce plastique.
– Non, non ! Arrière, ne me touche pas. Ne t'approche pas. »
Elle recula de deux pas. Sous ses pieds, l'égout, à ciel ouvert, charriait les eaux de pluie gonflées par les ordures. Des odeurs de chair morte, de feuilles frustrées s'en échappaient, accablaient l'air.
« Mais pourquoi le gosse ne pleure pas ? Pourquoi donc ? Non, ne me dis pas que tu l'as tué, hein ! »

Elle ferma les yeux. Des images en fond noir. Des bandes vivaces dans la tête. Cris, sueur, urines, sperme, sang. Le monstre à visage humain, c'est donc lui… À lui donc ce muscle idiot, ivre de folie, qui a injecté le pou, l'horreur du siècle en elle. En elle la douleur du monde ? En elle le crucifix ? Comment, Dieu, fait-on une sidéenne ?

Césaria se souvint de cette nuit où elle raconta le viol à son oncle. Il avait simulé l'indignation de prude en disant quelle honte, mais pas question d'en parler. Et quand, deux mois plus tard, elle lui donna à constater les suites du viol, il avait répété quelle honte mais pas question d'avorter. Il l'avait entourée de soins, de toutes les attentions. « Il faut le garder, ma fille : un enfant, c'est toujours un biscuit de Dieu, une perle, du sang rénovateur, un avenir. » Vieux célibataire, l'oncle. Tellement endurci dans son genre qu'il avait désespéré de ne pouvoir un jour pouponner. Et ce n'est pas faute d'avoir essayé une paysanne, deux serveuses de bar, une chérie-trottoir aux reins de Grace Decca.

L'enfant bâtard grossissait en elle, elle. Lui imposait parfois de violents malaises. Entre deux consultations à la maternité, elle s'était évanouie. Le médecin prescrivit des analyses de sang dont le VIH. Césaria se souvint de ce matin teigneux où, dans un bureau aux odeurs d'éther, le docteur lui caressa les mains, lui tapota l'épaule, l'entretint longuement des courbes du destin, des sinuosités de la vie. « Le tragique n'existe pas, ma fille. C'est nous qui l'avions inventé, qui lui avions donné forme et consistance, en amplifiant nos propres incertitudes, en intégrant à notre précaire équilibre nos angoisses et celles des autres. Il faut dominer la peur du Mal. Ton enfant et toi, vous en portez le signe. Si tu es croyante, amplifie tes prières. »

De ses yeux, encore des cristaux de larmes. Et si pleurer était lâche ? Et si s'entêter à garder le secret dans sa gorge l'était encore plus ?

« Tu m'as filé le mal, oncle. Tu m'as empoisonné le sang. Ton… ton bâtard, tu l'as fait monstre en moi. Condamné et détesté. Et pourquoi voudrais-tu qu'il vive ? »

Le plastique tanguait dans sa main gauche, livré au plaisir de ses mouvements désordonnés. À travers les pleurs, ses yeux se figèrent sur ceux de l'oncle. Il les avait grands ouverts, exorbités, chauffés par une fureur insoutenable. Alors, urinant, coulant du corps, elle lâcha le sac à cadavre. Un dévalement. Là, dans l'égout, le plastique nageait, drainé par le courant d'eau.

« Tu… tu as osé, fille maudite ! »

Elle continuait à trembler. À peine se voyait-elle. Les genoux dans le sable mouillé, elle chercha dans sa poche.

« Regarde ! Regarde pourquoi il fallait oser. »

Un papier, un petit imprimé qui ressemble à un résultat d'analyses, ces trucs d'hôpitaux que les médecins affectionnent demander aux malades « suspects ».

« Regarde, oncle : lis ! »

Il ne pouvait l'éviter. Ses yeux se firent plus petits pour détailler les syllabes de l'imprimé et les incruster dans sa tête. Il l'arracha de ses mains. La pâleur du lever du jour ne suffit pas à lire. Qu'importe! La petite torche dans sa poche: il devint blême, il devint hagard, le souffle, pendant dix secondes, sembla s'être retiré de lui.

« Toi? Non! Pas toi, ma fille! Non, pas toi!

– Si, oncle, si!

– Pourquoi toi?

– Parce que c'est… toi. Il y a six mois.

– Non, ce n'est pas vrai. Mensonges, mensonges! Mon enfant, où est mon enfant?»

Il se leva, jeta un œil dans l'égout, en suivant le flux des eaux. Mais tout se confondait. L'obscurité encornait encore la forme des choses et la lumière du jour grimaçant avait la pâleur d'un soupçon de gris chiné. L'oncle revint sur ses pas.

Devant elle, il s'agenouilla. Il sentait le moisi, son haleine fouettait l'air, forte et saccadée. L'homme avait peur. L'homme défaillait. L'homme défaillit.

Pour la première fois depuis dix ans qu'elle vivait sous ses cris, elle le vit pleurer, libérer de ses yeux des jets lourds, brûlants, comme jaillissant d'un volcan intérieur. Il avait l'air d'un roi dont les certitudes s'étaient brutalement écroulées, un vieillard qui se découvre au bord de sa tombe alors qu'il s'en savait encore éloigné.

Césaria le regardait avec l'envie douloureuse de lui cracher dessus. Même la salive, dans sa bouche, s'était résolument transformée. Élastique et amère. Amère cette vie, la mal-vie à laquelle son âme semblait s'être soudée, depuis le viol, la hardiesse de son oncle, depuis l'entrée en elle du virus.

*

De loin, de l'appartement d'un étage, la gaieté obscure d'une chanson. Césaria n'a pas invité cet air, mais il criblait ses oreilles. Encore un intrus dans son univers, l'intrus à tout venant. Sur les cordes d'une guitare sèche, la mélodie d'une voix rauque éclatait avec chaleur et émotion. Le chanteur murmurait :

> *Ce truc qui v' bouf le sang*
> *Qui v' rav'l au mauvais rang*
> *N'est qu'un rabat-joie*
> *Qui a foutu en l'air ma foi*
> *Mais y faut vaincre la peur*
> *Et avoir résolument à cœur*
> *Que vivre c'est aussi s' construire un av'nir.*

Elle se souvint des mots du médecin. Elle souffla, remua lourdement la tête puis se leva :

« Viens, oncle. C'est lâche de se plaindre. C'est lâche de se laisser aller. »

L'AVANT-JOUR DU PARADIS

D'ABORD tu as regardé le ciel et tu t'es aperçu qu'il était encré de noir. Ensuite tu as regardé la terre. Elle était elle-même ivre de noir. Puis, tu t'es regardé, longuement regardé. Et, à tous les recoins de ton âme, tu n'as vu que le même écran, presque noir à force d'être gris. Ce gris où s'étend progressivement l'ombre, le monstre noir qui siégera à vie dans ton royaume, ce continent intérieur, cette immense terre qui t'appartient en propre et à laquelle tu refuses de céder le désespoir.

Tu marchas dans la nuit, tu te trempas partout, dans les rues où il sied de trouver des ombres en errance, des oreilles à qui parler, à qui confier tes courbatures intérieures. Tu marchas au jugé de tes pas, comme pour sortir, t'extraire de toi-même, aller jusqu'au bout. Et c'est ici, à cet endroit du quartier, en revenant sur tes pas, que tu t'arrêtas Tu t'arrêtas pour voir. Tu t'arrêtas pour te dépoussiérer les yeux. Ainsi donc des mêmes sinistres, ainsi donc des mêmes écrans noirs.

Ailleurs, il a fallu dix fois moins pour que, désespérés, les gens choisissent de se gommer de la terre. Mais toi, avec ta gueule tête-à-taloches, tes épaules taillées à la hache, tes tibias secs de danseur de mauvaise grâce, tu as décidé de tenir. Tenir, pas t'accrocher ! Car méprisable est l'homme qui s'agrippe à une vie qui lui a été donnée mais qu'il a sucée, usée et à laquelle, douloureusement, éhontément, il pendouille.

Philosopher te rend dingue. Faudrait pas te laisser aller à des raisonnements faciles, ces raccourcis farfelus qui t'empêchent de commercer avec ta logique de baroudeur. Baroudeur dans l'âme, depuis que tu as refusé la tétine de ta mère. Baroudeur à enfoncer partout tes engueulades et ton goût de la liberté risquée. Baroudeur à coudre sur le tapis du temps des bandes noires qui enfilent des projets sinistres.

Sinistres comme le destin de ta Lysa.

Ta Lysa. Hier, l'amante généreuse, la grande promesse de vie, l'alchimiste à produire le bonheur. Ta Lysa. Une jeunesse folle et débridée, passionnée et versatile. Mais un élan aujourd'hui brisé et affaissé, une ambition aujourd'hui assommée et vaincue : les termes pressants d'une vie qui échappe de plus en plus au temps, qui menace de s'enliser, qui s'est profondément enlisée.

Ton existence elle-même – oh ! il y a longtemps que tu l'as jetée en pâture à la dérision – a déjà rompu ses amarres avec la « normalité », la ligne droite des convenances. Certes, tu n'as pas cessé de rêver mais tu sens, de façon lancinante, que ta rage de vivre s'est émoussée, que ton envie de t'éparpiller dans le souffle du vent s'est assoupie et que seule traîne, traîne encore sous tes yeux, le film taciturne de ta vie ruinée par le mal-être, érodée par le tout abandon.

Mais non, la déchéance ne s'est pas encore installée. Mais elle est là qui guette, elle est là qui menace, elle est là prête à t'envahir, envahir toutes les strates de ta vie. Au-dedans comme au-dehors, telle une gangrène irréversible.

Alors, tenir, qu'est-ce pour toi ?
Peut-être un dernier geste de vie
Pour sauver en toi, dans ton espace
Dans le seul territoire où la réalité
Appartient encore au gris-tournoyant
La dernière fixation de ta vie
Cette femme oubliée dans la drogue
Cette femme à arracher à tes gâchis
Pour fixer le soleil dans ses yeux
Et désagréger l'omniscience de la fatalité
Car il ne te reste, brave homme,
Qu'un coin de terre à aménager
Pour toi, pour elle, dans ce territoire des sables
mouvants

*

Dans le tard de la nuit. Une heure trente-deux heures. À Gbégamey, à un coup de sifflet des rails, dans l'humeur vaporeuse d'une baraque au huis clos poudreux…

Au pied du lit, sur la serviette de douche, la jeune femme avait rassemblé le classique des « objets de service » : la seringue déjà libérée du mélange blanchâtre, la Cellophane à moitié vide de la poudre, le vieux gobelet rempli d'eau et le flacon d'alcool. Le classique des « objets de service » qui, dit-on, installent et peaufinent le plaisir à venir. L'avant-jour du paradis, quoi.

« Pour vivre les derniers ressorts de son destin, il faut oublier le mal. »

Elle regarda son bras gauche. Dans le creux, près du nerf serpentant sous la peau, la trace rouge du sang séché. La preuve, la preuve maintenant que la seringue a piqué à fond de chair et que la douleur, dans l'instantanéité de l'injection, s'est mêlée aux plaisirs attendus.

Elle aurait tant voulu se résoudre aux promesses faites à elle-même, à son ami, à Dieu. Elle aurait tant aimé leur donner enfin la preuve assermentée de son engagement à se soustraire du mal. Mais à quoi bon ? À quoi bon renoncer à la seringue, aux vertiges du « paradis » si la dégradation progressive de son corps, le recul de sa vie ont déjà consumé ses ultimes élans de résistance ? À quoi bon refuser à la chair – la seule matérialité de son existence – d'absorber, d'intégrer les fastes rayonnants de l'ailleurs ? Ailleurs ?

Se redresser maintenant. Reprendre l'eau et la poudre, remplir la seringue du mélange blanchâtre. La dose, tout à l'heure injectée, était à peine passée au travers de ses nerfs. Il lui fallait un bis, en double dose. Cela devrait suffire à la séréniser. Elle revendiquait un gros, très gros appétit en ce moment, la Lysa.

Elle étendit le bras, chercha en extérieur le point de piqûre. L'aiguille, fébrile, s'arrêta au quart du bras, à deux doigts du coude. Le suspense. Elle se raidit, ferma les yeux. Lentement, son pouce appuya sur le conducteur de la seringue et libéra la dose.

*

Comme d'habitude, tu n'as point jugé utile d'écraser un doigt recourbé sur la porte avant d'ouvrir. Tu l'ouvris grandement, triomphalement. J'ai oublié, mon Dieu ! que tu étais autoritaire.

« Marc ! »

Elle ne s'y attendait pas, la jeune femme. Elle ne t'attendait plus. Elle t'imaginait loin d'ici, au cœur de la ville ou dans ses faubourgs humides, occupé à quelque anarque. Dans tes yeux, elle te parut vive, plus qu'à fleur de vie, réelle et lucide, comme la Lysa d'hier intégrée dans le temps, au cœur à cœur avec le monde. Il y a des moments comme ça où elle revient à la surface, toute pleine et toute couleurs, indivisible et indissoluble.

Tu t'approchas d'elle, tu lui pris la main, la caressas, l'embrassas, le visage irrigué de sourires.

Déjà porté par une effusion intérieure, tu étouffas les rares interrogations qui effleurèrent ton esprit. Aller dans le sens de cette ambiance, se fondre en elle, l'entretenir. Alors, tes lèvres se firent murmures :

« Dieu ne nous a pas oubliés, Lysa. Il… il ne nous oubliera jamais. Nous avons désormais de quoi payer ton traitement dans une grande clinique. Regarde ! »

Une sacoche. Tu sortis une sacoche de dessous ton blouson en jean, l'ouvris et en versas le contenu sur un pan du matelas. Des billets, rien que des billets. Des billets en coupures variées, neufs et usés, entassés et froissés. Il devait y en avoir pour des millions. Dix, quinze, vingt ? Ce n'était pas le temps des additions, mon vieux. Il te fallait d'abord ton enthousiasme. Et tu explosas :

« Nous sommes riches, Lysa. Riches, tu comprends ? Cette pauvreté nous a trop humiliés. Elle nous a trop enfoncés. Mais c'est fini, ma chérie. Fini ! »

Tu avais les yeux rieurs, les lèvres dilatées, le menton débonnaire. Tu exultas, plongeas les mains dans le tas, tu éparpillas les billets partout : sur le lit, sur ton corps, alentour. Une danse imaginaire te chauffa les savates. Tu esquissas, des hanches et des pieds, le mouvement du cha-cha-cha, ton rythme des jours en fleurs.

Mais Lysa te regardait. Elle te regardait, toute hébétée et toute décousue. Du mal, elle avait à s'intégrer dans ton discours, à se coudre dans cette texture exubérante. Une interrogation, une seule, descendit sur ses lèvres :

« Je… je ne comprends pas. Tout cet argent, comment est-ce possible, Marc ?»

Répondre ? Oui, mais faire d'abord durer le mystère, susciter chez elle d'autres hypothèses. À la fin, tu lui déplias ton secret. Enfin presque…

« La chance, Lysa, la chance. Demain, dès les premiers pas du jour, nous irons à la Maison Blanche. Tu te rappelles ? On y dispense des traitements pour drogués. Tu verras comment tu y seras prise en charge. Tu verras. Ah ! bon Dieu de bon sang ! La fin de nos ennuis est proche.

– Cet argent, Marc, où l'as-tu trouvé ?»

Tu te tus, embarrassé. Tu te tus, le mouvement figé. Dehors, le vent mordait dans les feuilles et l'on entendait des grognements de chiens à demi endormis.

« Cet argent, Marc, dis-moi la vérité !»

Tes lèvres portaient, à leur bout, la réponse. Mais il t'était pénible de la lâcher, de la lui jeter.

« Tu l'as volé, hein ? T'as braqué un honnête homme ? T'as braqué le tontinier ? C'est pas vrai que t'as exécuté ce projet minable ? Réponds, réponds !»

Ça criait. Ça hurlait. Une voix déjà trouée par la maladie mais qui trouvait du souffle pour s'allumer, prendre d'assaut l'air, incendier la maison-baraque. Cris. Jacasseries. Puis sanglots. Des larmes violentes, quelque chose qui bouillait au fond, tout au fond d'elle. Tu voulus la calmer, l'emmitoufler dans tes bras, lui conter causette ou fleurette. Mais :

« Me touche pas ! Me touche pas !»

Toi, l'homme, tu avais aussi un seuil, une limite au-delà de laquelle tout devient, pour ta superbe, insultes, intolérances. Tu déplias les jambes, poussas la porte et descendis dans l'air calme du dehors.

Dehors. Nuit pleine, ciel plein, rien qu'une masse d'ombres confuses, à peine deux voiles de nuages, des traînées grisâtres.

Tu inspiras fortement, donnas à tes narines le pouvoir d'accumuler autant de bols d'air qu'elles en exigeaient, de monopoliser tout l'oxygène à respirer. Puis tu fumas deux cigarettes, trois, quatre, cinq. Ta drogue à toi, ça. Ta bonne drogue. Tu pouvais, mon vieux, en flamber deux trois gentils paquets la journée et toucher le zénith de ton corps, jour en dedans ton âme, comme un orgasme, un vrai.

« Marc ! M… Marc ! »

Tu te retournas. Elle était aussi sortie, couverte de ses haillons qui sentaient ses odeurs sauvages, qui amplifiaient les parfums de sa féminité crue.

« Marc… Tu me… pardonnes ? »

Elle vint s'offrir à toi. Elle voulut s'étouffer en toi, faire comme une eau, un fleuve qui se laisse avaler par la mer, parce que plus petite, plus vulnérable. La tradition de la femelle souple et soumise. Dans la logique millénaire d'un prétendu rituel féminin.

« Tu me prends, tu… tu me prends, dis ? »

Et tu lui mangeas les lèvres avec un long baiser. Tu lui tatouas le visage, tu la couvris de partout, un jet d'émotion se fondit dans ton sang, dans tes gestes. Fébrile, ta Lysa. Elle te parut même soudain élastique, surexcitée, suant de toutes ses eaux, presque à torrents. Exactement comme quelqu'un qui se liquéfiait, se réduisait en mare boueuse. Non ! ce n'était plus le désir affirmé d'une femelle en rut violent. C'était une rage, un dérèglement des nerfs, donc une…

Droguée ! Non, pas droguée ! Pas une guéman !

Tu sentis, en la palpant, un point de piqûre sur l'intérieur de l'avant-bras, un point légèrement boursouflé, frais, portant l'enflure de la chair traumatisée, piquée à vif.

Droguée ! Droguée ! Droguée !

Tu réfrénas ton élan, interrompis net ton étreinte. Mais elle se colla à toi, te força presque à continuer. Las, tu la repoussas. Las, tu te dégageas. Alors, la colère s'agrippa à tes nerfs. Ce fut l'explosion, la grande et déchirante explosion.

« Pourquoi tu t'es encore seringuée ? Pourquoi tu fais la conne ? Tu m'avais pourtant promis, hein ? »

Le poing. Tu fermas le poing. Hurlements. Coups. Quatre gifles à la volée. Elle tomba dans le sable. Tu t'acharnas alors sur elle, tu la cognas, la recognas. La tuer, mon Dieu, la tuer !

Les voisins, sans doute alertés, se contentèrent de s'agiter à l'intérieur de leurs cabanes. Personne ne pouvait se risquer à mêler ni sa voix, ni son nez, ni son poing à la surchauffe. Chacun avait ses ennuis à garder, ses poubelles à renifler.

Et quand, essoré, tu finis de libérer ta colère, tu la traînas par terre et la ramenas dans la baraque. Elle ne pleurait plus. Elle avait comme épuisé ses eaux intérieures, asséché les territoires mouvants de son être. Tu l'installas sur le matelas, ligotas ses quatre membres à tous les angles du lit. En toi déjà se creusait l'envie de souffler, de te recharger, pour reprendre le fil du temps. Mais le frais du petit jour était déjà sur ton front. Le frais de la lune – sortie d'où personne ne sait – qui inscrivait le temps à deux heures, deux heures et quart de ce matin.

Le matin de ce nouveau jour où il faudrait en finir une fois pour de bon avec l'entêtée. L'urgence exigeait que tu écartes le lourd manteau de la nuit pour aller à l'hôpital ou à la clinique. Tu le pouvais maintenant, mon vieux, maintenant que l'odeur de l'argent t'avais imprégné jusqu'à l'âme. Être riche, ça sert à sécréter autre chose que des conneries, ces artifices pompeux de la gent niaise.

*

Donc, je sais, Marc, que je mourrai de tes mains
Je sais, Marc, que de ton sang et de ton corps
je mourrai
Je mourrai de tout ce qui à toi me condamne
De tout ce que j'ai toujours fait moi et mien
Mais je ne mourrai pas de tes coups, ni de tes
viols
Je ne mourrai pas de tes cris, ni de tes crachats
Et que m'importe si tu me transperçais la chair
Si tu m'éparpillais à tous les vents du large
Aujourd'hui le charlatan est en congé

Car à flairer le monde, à regarder le ciel
On sent tout, on voit tout et même la métastase
Je demande alors : pourquoi, sur tes épaules,
Porter l'entière charge de mes jours en berne ?
Pourquoi ne pas, à Dieu, demander des comptes ?
J'ai tenté de voguer dans la bulle vaporeuse
J'ai écumé tous les territoires du paradis, Marc
Et bleu et vert est l'éden de tous les arcs-en-ciel
Oui, la drogue m'était due, la punition aussi
Mais s'il m'est resté quelques souvenirs amers
C'est d'avoir rendu généreux mon cœur à ta
chanson
C'est de l'avoir, sans grâce, cédé aux enchères
L'amour-passion, le comble de la tyrannie
Ainsi scellé, mon sort est inscrit dans les ruines
Je meurs de toi faute de mourir de moi-même.

*

Dans une polyclinique à l'enseigne lumineuse, intérieur frais, odeurs caressantes d'apatam de brousse. Deux heures.

La réceptionniste, à l'accueil – un ensemble de sacs gras et humides –, luttait contre un sommeil tenace. Elle ouvrit ses lèvres barbouillées de violet et de brun pour te présenter les convenances habituelles dues aux clients « propres ». Propre, tu l'étais seulement au quart, toi. Avec ton jean noirci aux crasses du temps, tes chaussures usées jusqu'à la trame et tes odeurs puantes – la sueur de trois journées de course au soleil – même à deux jets de pierre. La femme t'examina, puis le nez ailleurs, murmura :

« Oui ?

– Une urgence. Ma femme a mal. Il faut l'évacuer et l'hospitaliser.

– Ce… comment ?

– Tu veux des tintins avec des couleurs ? Je dis…

– Très bien. Vous avez de quoi payer ? Évacuation, urgences et hospitalisation, c'est costaud à chiffrer, hein ? D'abord quel est votre nom ? »

Encore une à étrangler. Le pays en est criblé, de ces gens d'une insignifiance presque caricaturale, qui monopolisent le temps, la parole, le fric, toutes ces choses qui vous fabriquent de l'importance aux yeux des autres et rabaissent les autres à vos grilles.

« S'agit pas de moi, mais de ma… femme, relevas-tu aussitôt. Dépêchez-vous car s'il lui arrive quelque chose, je suis capable de vous tuer. Oui, vous tuer. »

D'habitude, les gens qui viennent braire ici leurs malheurs s'aplatissent au sol, marigot de larmes en sus, pour qu'on s'occupe de chérir leurs malades. Mais des clients qui promettent la mort aux employés de la clinique avant même que les malades présentent un bout de leur ongle, c'était une première raidissante. Il fallait qu'on fût lié à une personnalité influente pour provoquer une telle insolence. La superbe de la femme, subitement, se dégonfla.

« Vous devez payer d'abord une… caution…

– Combien ? »

Tu t'étais installé dans ses yeux. Tu verrouillas au fond d'elle son envie de te mordre avec ses dents carnassières qui pointaient hors de sa gueule grivoise. Mais au même moment, un mouvement d'hommes, des petits bruits de pas, piquèrent ta curiosité. Du personnel. À gauche, il venait de descendre les marches de l'escalier menant à l'étage avec un corps étendu sur une civière et couvert d'un pagne gris. Suivait une femme au regard immense et creux.

« Hé! Betty! héla le garçon en tête, on va déposer le corps à la morgue.

– Quoi? répondit la réceptionniste. Il est mort?

– Pouvait pas survivre à sa blessure, le pauvre. Il a perdu beaucoup de son sang.

– Vous revenez bientôt? Il y a une autre urgence pour ce monsieur.

– Tout de suite, le temps d'aller déposer ce macchabée. »

Tu frémis de tout ton corps. Une intuition, comme une vision-éclair, te traversa la chair, ne te laissant sur les lèvres qu'une interrogation crue, en flair étincelant:

« C'est qui... ce... cet homme qui vient de mourir? »

Elle repartit à l'assaut de ton regard. Au lieu de t'envoyer une autre pique, elle choisit de te répondre, un long, très long soupir dans la voix:

« C'est un tontinier qui s'est fait agresser dans la nuit. On lui a tout volé et en prime, on lui a offert la mort. Un coup de couteau dans la poitrine. Bon, maintenant vous payez la caution, m'sieur? »

Tu ne pouvais plus répondre. Tu ne pouvais plus te mouvoir. Pendant trente secondes. Un trou subit. Du vide noir. Puis brusquement, une image de toi attaquant un homme sur son vélo, dans une ruelle cousue de ténèbres… Puis brusquement un cadavre, le suaire du même homme, asséché par l'anémie, vaincu par la mort… Puis brusquement…

« Vous payez, m'sieur ? »

Sortir, marcher, courir, fuir ? Des idées croisées. Des idées troubles. Des idées morbides. Comparables à celles qui s'acharnent dans le crâne fermé des gens se découvrant assassins, tueurs, sans cérémonie, sans préparation psychologique. Assassin ! Non, pas assassin, mais voleur !

Tu atterris hors de la polyclinique. Tu regardas dans le noir, dans les ombres crues de la rue pour… mais pour quoi, diantre ? La peur. La peur que la chose se sût, que l'âme du défunt dévoilât ton nom jusqu'à ton adresse. La peur de sentir des regards dans la nuit te creuser de partout la chair pour t'obliger à hurler ton forfait, ton crime de sang.

Tu regardas dans le noir. Le noir te renvoya à d'autres écrans intérieurs. Le film de l'accusation, le film de la révélation. Disculpe-toi, mon crétin ! Examine tes gestes au ralenti et à la loupe pour arracher à ta conscience le bénéfice du doute, à défaut de l'innocence pure.

*

Un coin de rue, une enseigne de buvette, *Bar cin-quième dimension* qu'elle s'appelait. Une cuvette en bambou, gluante et enfumée, sauvage et encombrée, un trou à délire où l'on s'encrapule à défonce, de la gueule au caleçon.

C'est là que tu l'avais vu, le tontinier. Tu l'avais vu, la main crispée sur sa bourse bedonnante – les recettes de la journée – les lèvres dégoulinant de bière. Comme à chaque fois que tes yeux glissaient sur cette sacoche, tu en avais fabulé le contenu, tu t'étais imaginé en train de dormir sur un matelas de billets. Tu eus des envies de rapt ou de vol, de braquage ou de… Non. Pour en arriver là, il fallait que tu eusses dos au mur, il fallait que tu fusses condamné à le faire, il fallait que l'urgence le recommandât. Ce soir, tu avais regardé le ciel, tu avais regardé la terre, tu t'étais longuement regardé. Le diagnostic était entendu. Un chien aux abois. Un chien acculé au mur.

L'homme était sorti du bar, avait enfourché son vélo. Mais la bière avait rendu élastiques ses gestes. Par deux fois, il avait mordu la boue de la rue. Rue kpoto-kpoto* où aucune ampoule publique n'avait jamais pointé le nez, où même le filet de clarté lunaire qui coulait du ciel ne pouvait froisser l'obscurité. Rue déserte, silencieuse. Le lieu idéal, le moment idéal, pour un braquage idéal.

L'homme avait traîné son vélo à pied, dans la gadoue pour éviter d'en avaler de nouveau. Sur cent mètres, un cahin-caha sévère. Puis, parvenu sur le versant ferme de la rue, il avait enfourché sa bicyclette. Tu l'avais suivi, toi. Tu t'étais collé à ses odeurs depuis le bar. Et comme tu connaissais son itinéraire, tu t'étais fait félin pour te dissoudre dans l'obscurité et le rattraper. Tu le rattrapas. En deux temps, trois respirations, tu l'avais déjà terrassé. Aucun cri, aucune alerte. On eût dit que ses forces seules lui suffisaient pour sa défense.

Tu tombas sur la bourse et tu tiras. Mais l'homme, de ses jambes, se dégagea de ton étreinte en t'envoyant te répandre dans la rue. Pas découragé, car te revoilà sur tes jambes. Cette fois-ci, tu sortis la grande artillerie. Autre résistance. La bière, la bonne bière avait fait grimper de trois degrés l'agressivité et la résistance de l'homme. À ce cyclone, tu risquais d'y laisser tes restes.

Alors, tu tâtas ta poche, tu en sortis ton couteau de scout. C'était le seul recours, la dernière issue. Tu le poignardas. Deux coups, trois coups. À l'épaule, juste à l'épaule, rien que pour le neutraliser. Il s'était débattu. Le temps pour toi de souffler, de prendre la bourse, il avait déjà basculé de côté et s'était immobilisé.

C'était tout. Non. Il ne pouvait pas ainsi rendre le dernier hoquet, sur-le-champ. Par l'épaule, la mort passe rarement. Non, tu n'avais tué personne. L'imbécile haletait encore quand tu t'étais enfoncé dans la nuit. Que même, il avait émis des râles mous. Peut-être trop intérieurs pour inquiéter la nuit. C'était tout, tout. Le ciel ne le niera point, je le jure !

Chez soi. À l'accueil, avant même d'ouvrir la porte brinquebalante, la colonie de moustiques au concert assourdissant. Chez soi. L'odeur de la misère suante – sauce tournée, effluve de spirale chinoise, parfum de cafards morts. Baraque de ma tragédie.

Tu devras expliquer à Lysa ce qui s'est passé. Tu devras lui dire que tu n'as pas réussi à négocier pour elle l'hospitalisation en urgence. Ce projet, faudrait l'instruire tout à l'heure dans les yeux du soleil. Tu lui prendras toi-même la main, tu la conduiras au grand hôpital et tu l'introduiras au pavillon toxicomanie. L'argent, le triple billet fera le reste.

Elle comprendra, la petite garce de Lysa. Elle ne boude presque jamais ce que tu lui offres. Sauf à refuser de respecter ta promesse, à continuer de se détruire, corps et biens, malgré les coups, malgré les cris, malgré les affres.

Tout à l'heure tu y étais allé recta contre elle. Trop de coups peut-être. Mais elle savait, comme toujours, que c'était pour son bien que tes poings s'étaient courroucés. Pour la protéger d'elle-même, tu n'hésiterais point à la tuer.

Dans la baraque, tout était noir. À peine fumait-elle encore, la mèche de la lampe-tempête posée sur une étagère. Tu en tournas la réglette. Elle s'éclaira, tout comme la baraque. Tu voulus ne faire aucun bruit, pensant que Lysa aurait été absorbée par le long sommeil qui vous cheville après une forte émotion. Mais…

Mais vide. Le lit vide. La chambre vide. Aucun signe, aucune trace de lettre pour orienter l'œil ou l'esprit. Vide. Mais flottait dans le nez l'odeur d'une espèce de fugue, esquisse de fuite pour échapper au projet, le énième de désintoxication.

Tu avais encore des ressources dans les muscles. Tu pouvais encore transpercer la nuit, laisser, sur plusieurs kilomètres, ton souffle dans le vent. Tu la retrouveras bien quelque part, blottie dans le coin d'un hangar ou sur la terrasse d'une villa avec un gardien, qui la prendra sous sa couvée ou sa couchette.

La retrouver cette nuit. Coûte que coûte. Car, avec cette dose de shout dans le corps, un délire, en fraction de secondes, peut la pousser à tuer, à se suicider.

Gbégamey. Sur les pavés mal éclairés P.T.T- Guorgui Dimitrov – le monument du héros bulgare – les bourgeons de la vie du lever du jour se manifestaient par à-coups. Un muezzin, en avance sur la première prière, nasillait son appel dans un haut-parleur enrhumé. Les coqs, de partout, crièrent leur indignation et lui rappelèrent leur rôle dans le réveil des hommes.

Tu marchas. Dos aux P.T.T. vers la statue de l'ex-camarade, tu marchas. Mais rien sous les hangars de fortune érigés aux abords de la chaussée. Rien à la devanture des villas aux éclairages orange. Au commencement était la déception.

Plus loin, place Bulgare. Arrêt sur instinct. De l'autre côté, derrière la masse froide du héros moustachu, étrange pressentiment. Tu devinas la présence de Lysa. Tu la devinas quelque part, sur l'esplanade du monument, occupée à… Non, pas ça, pas ces pensées funestes, pas ces images glauques et impénétrables.

Aussitôt, des jappements enthousiastes. Aussitôt, la voix câline d'une femme. Rêves ou délires ? Tu retins le souffle, enjambas au trot les marches qui descendent le deuxième niveau de l'esplanade. Elle était là, ta Lysa. Dans une pause suspecte, ta Lysa. Avec cette bête au pelage roux, ta Lysa. Un chien de belle race, yeux avides, oreilles plissées sur les tempes.

Tu ne voulais pas, Marc, t'ouvrir à cette réalité-là. Tu avais toujours refusé que les relations étranges de Lysa avec ce chien fussent réelles. Deux fois, des langues glaireuses t'avaient décrit le coloré de l'histoire. Deux fois, tu l'avais rayée de ton crâne. « Conneries de connorats ! » Mais une nuit, à la suite d'une fâcherie, tu la surpris en compagnie d'un chien, ici même, sous l'œil du camarade Dimitrov. Pas dans une pause suspecte. Juste l'allure, la position de quelqu'un jouant avec un bel animal qu'il vient de découvrir. Aujourd'hui, la réalité est autre. Lourde de suspicion. Lourde à digérer.

« Viens par ici, toi », ordonna-t-elle.

Elle ne se doutait encore de rien. Elle voulait aller au bout de ses aises, dans ses libertés, ses entournures dégagées pour mieux s'affranchir des illogismes ambiants. Elle inspira profondément comme pour s'affirmer dans la chair molle du temps.

« Viens par ici, mon mignon. »

L'animal rentra la tête et vint se blottir contre elle. Docilement. Familièrement. Il lui donna son pelage. Lysa y glissa la main. Caresses et câlins. Le chien émit de petits cris étouffés et se mit à lui lécher les mains, le visage. En elle, brusquement, s'éparpilla le plaisir. Elle a déjà tout oublié, elle a déjà tout terrassé. Ses angoisses. Ses douleurs. Le ciel se remua en elle. La plénitude devint sa compagne. C'en était trop. Trop pour tes nerfs. Tu hurlas alors. Tu hurlas fauve.

« Bordel de bordel ! C'est quoi cette foutaise ? »

*

Oui, Marc, je suis humide de mes baves intérieures
Je suis trempée, inondée de toutes mes essences
Au traumatisme des amours entorsées ou mutilées
La chair, parfois, a besoin de grande récréation
Mais non, bel héros : ne te pressure pas les
méninges
Ne te demande pas si j'ai trouvé silence à mes affres
Mais aux absurdes de situation, la réponse est crue :
Le corps a trompé l'âme et tant pis pour la raison !
Ah, qu'ai-je dit à Dieu que tu ne saches déjà ?
Qu'ai-je fait à mon corps que tu n'aies déjà vu ?
Et pourquoi parler si tristement de chair esclave ?
Je t'ai tout donné, Marc, tous mes meilleurs réunis
Mais à ce bouquet fleuri, je me préfère encore
Je me préfère fêlée, ouverte et dégoulinante.
Et si, à une distance de la mort, le plaisir est
aussi sain

Alors saine est mon âme
Sain est mon cœur
Sain est mon nom
Et pour un condamné
Être si léger, si libre
C'est l'ultime courtoisie, la dernière politesse
faite à Dieu.

*

Hors temps. Tout était, pour toi, hors temps. Car elle n'avait pas bougé, ni inspiré, ni parlé, la Lysa. Ses yeux que tu soupçonnais sans flammes, ni rumeurs dans le noir, te regardaient avec la même indifférence. Ça dirait même qu'elle t'attendait depuis longtemps. Elle t'attendait pour te faire croquis du fait, rendre clairs tous tes labyrinthes intérieurs. Mais ta réaction fut cris, toi. Cris. Menaces. La même manœuvre de toujours. Le même cycle dans lequel tu l'as toujours internée et encavée.

« Ainsi, c'est à ce bordel que tu étais occupée, Lysa. Bordel. Tu... tu n'as pas honte, merde ! Un chien ! Un chien ! »

Elle ne répondit pas. Elle n'avait rien à répondre. Son seul souci, son seul geste, c'était de se coucher sur le dos, le buste nu, la camisole dégrafée jusqu'au nombril, malgré le froid qui grillageait la nature. Et comme un rituel exécuté depuis mille ans, elle offrit ses petits seins nus aux caresses du chien. La langue de l'animal se mit à la parcourir. « Tue-moi, chien-

91

chien! Tue-moi avec ton organe à plaisirs!» Au zénith de l'orgasme, la mort devient aussi un art de vivre, le rayonnement sublimé, exalté de la vie.

Toi, Marc; toi, l'homme; toi, le fier Django, familier de tous les trafics et de tous les vices, habitué à toutes les crapuleries du ghetto. Te reconnais-tu dans cet étrange duo? Fais-tu toi aussi route avec la gent à quatre pattes?

Elle ne pouvait pas te chauffer à blanc sans que tu l'incendies à ton tour, sans que tu la ruines à tous les paliers de son corps. La tabasser, la fracasser, la mouliner, cette mante. Le seul langage auquel elle restait merveilleusement sensible. Et, à tes yeux, la méthode la plus efficace.

Mais Lysa nageait toujours dans sa bulle vaporeuse. Elle vivait dans son corps, ayant comme verrouillé la vie autour d'elle. Pour toi, c'était trop de hardiesse, trop d'insolence. Une réplique foudroyante que cela appelait. Tu bondis alors, griffes et dents sur elle. Tu la saisis par le bras. Tu t'attendais à ce qu'elle subisse, qu'elle s'aplatisse comme toujours. Mais, rebelle, elle s'arracha à ta poigne. Un geste de défi. Que tu réprimas aussitôt par une claque. Forte et assommante. Elle piqua du nez et s'écrasa les dents contre le béton de l'esplanade.

« Garce! Salope de salope!»

Tu la tins par les cheveux, sur la nuque, dans son vieux chignon, puis tu la soulevas. Deux autres gifles. Elle hurla. C'est alors que tu sentis comme un bloc de béton foncer droit sur toi. Le chien. Il avait chargé et avait déjà fermé son énorme gueule sur ton bras. La morsure fut brûlante. Deux trous dans la chair avec du sang en jet cascadé. À ton tour, le ciel, la nuit t'entendirent. Tu hurlas ta douleur. Tu crias ta damnation. La colère, la colère qui nourrit la haine primaire, te rendit brute et sauvage. Et tu sautas sur l'animal. Tu le pris par le cou, tu serras, serras, SERRAS. Quelques gargouillements hoquetés, des grognements désespérés, puis une espèce de spasme. La bête, l'os du cou rompu, roula sur deux mètres et acheva sa course au bas de l'escalier.

« De... de toute façon, repris-tu dans un souffle, il... il devait mourir. Cette nuit ou demain, peu importe. Il devait mourir et il est mort. »

À bout, tu étais déjà presque. À bout, vidé de ton souffle, de tes eaux, d'un peu de ta vie. Faudrait, sans attendre, regagner ta couchette. Dormir, te reposer, te reconstituer des forces. À la maison, tu t'occuperas de la corriger lucidement, sans témoin. Tu la corrigeras conséquemment, copieusement. Même morte, tu la ressusciteras pour la mordre, la dépecer, l'émietter pour lui faire regretter son acte, ses pulsions « honteuses ».

« Allons-nous-en maintenant ! Allez, ouste ! »

Il paraît que sur les décombres du rêve, on trouve tout, parfois même la pierre philosophale ou l'arme de la vie ou du désespoir. Lysa, elle, y a ramassé des cris. Pas ces cris-pleurs qui avaient toujours sourdé de ses tripes de femme-martyre. Pas ces éclats inaudibles qui s'élèvent et retombent comme le souffle d'un homme à l'agonie. Mais des cris vifs et coupants, des hurlements colériques et acides qui dénoncent, condamnent puis revendiquent. Des cris qui savent créer des ruptures et tracer sur la carte du geôlier les chemins qui débouchent sur la liberté.

Elle criait, vitupérait, Lysa. La dose bis de poudre lui donnait bien le change. Elle étala son intérieur, ses frustrations. D'hier à aujourd'hui. De cette nuit à ce matin. Ce matin où tu as tué le chien en lui rompant les os du cou.

Dans le quartier, seule sa voix portait, forte et rythmée. Elle montait et descendait, se levait et retombait. Les gens, attirés par le bruit, sortirent de leurs maisons et se déversèrent dans la nuit.

« Pourquoi tu l'as tué, assassin ? Pourquoi tu as porté la main sur lui ? Deux victimes, deux morts en une nuit, tu es maudit ou quoi ? »

En sortant ce soir de ta baraque, tu t'attendais au pire, tu t'attendais au cru. Mais à cette scène, à cette révolte, à ces cris, point du tout. Et tu en parus déconfit. Elle le constata, la Lysa. Elle se sentit un nouvel élan. Grande voix, grande gueule comme jamais :

« Le tontinier ne te suffit plus. Il te faut aussi le chien, hein ! Tu es de quelle race, Marc ? Tu es né de quelle eau d'homme ? Je te l'ai déjà dit que tu ne devrais pas voler le tontinier. Cet argent ne pourra pas nous apporter le bonheur. Jamais, tu m'entends, jamais ! »

Les gens avaient formé un cercle épais autour de vous et vous regardaient. En silence, sans bravade. Ils vous suivaient comme si vous les y aviez convoqués pour écouter vos confessions. Et toi, confondu, tu voulus afficher une apparente indignation, tu voulus montrer le masque de quelqu'un qui ne comprend rien à ce qu'on lui dit. Tu rendis ta voix aussitôt humide et soyeuse. Tendre et généreuse. Comme autrefois, au temps des amours câlines.

« Allons-y à la maison, ma chérie, lui conseillas-tu en la prenant par la taille. C'est maintenant fini oui, cette scène de ménage. »

Mais le raccommodage était trop visible. Du fil blanc grossièrement cousu. Vigoureusement, Lysa écarta ton bras. Vigoureusement, elle te poussa au loin. Un geste si brusque et si fort que ton poids te fit pencher vers la gauche. Mais habilement, tu te recueillis sur le second pied, tanguas deux fois avant de retrouver l'équilibre. Trop tard: des liasses de billets avaient déjà glissé de ta poche et s'étaient répandus au sol. Tels que pris chez le tontinier.

Le jour était déjà là, aux premières loges. Le jour dans les yeux du ciel, une lumière quasi mousseuse qui teintait le gris de l'horizon. Les ombres, progressivement, se fondaient une à une, glissant du noir brumeux au pâle grimaçant. Comme sur la crête du monument dédié au Grand Fils bulgare. Comme sur la tête de la foule silencieuse mais patibulaire. Les lèvres déjà cirées par une indignation contenue, le nez frémissant de colère, les yeux éclaboussés de haine, ils te regardaient sur leurs gardes comme pour te mordre. C'est ici, dans ce quartier à une heure du matin, qu'ils avaient pleuré un des leurs, un tontinier agressé, dépouillé et assassiné. C'était encore frais, trop frais dans la chair et dans les émotions, Marc.

Tu voulus leur parler, leur expliquer ce qu'il fallait qu'ils comprennent. Tu voulus leur dire qu'il y avait méprise et tromperie, que les insinuations de la folle étaient bien de la folie, que jamais il ne faudrait pas, que jamais on ne devait pas, et que, et que...

Sur tes lèvres où se dessine déjà le sourire du vaincu, il n'y avait qu'une griffe, qu'une moue aux rayures sinistres. Celle de l'accusé plaidant coupable. Celle du condamné à mort.

PETITS ENFERS DE COINS DE RUES

UNE CLAMEUR. Une clameur vive et déchirée. Des voix en off, éclatées en échos continus. Puis un opéra presque fondu en chant nerveux, mi-lyrique, mi-agressif. Mais ce n'était pas un chant.

« Olé ! Olé ! »

Malgré les pétarades des moteurs de la rue proche, malgré la vague de murmures assourdissants du marché, les voix s'étaient ordonnées, crues, coupantes, brûlantes, puis avaient tout crevé, avant de retomber à saute-mouton, sur la foule. La foule des marchands et des clients qui, aussitôt, reprirent le même refrain ; mais, cette fois-ci, avec une dose multiple d'inquiétude, de surexcitation. L'alerte maximum :

« Olé ! Olé !

– Au voleur ! Au voleur ! »

Des doigts, de partout, convergèrent vers un point, vers une petite boule faite de membres menus, des jambes grêles comme coupées dans du bambou, un enfant, un enfant !

« Olé ! Olé !

– Arrêtez-le ! »

Il tapait au sol comme une balle de tennis, il courait, sautait par-dessus les obstacles, bousculait les marchandes et les clients, piétinait tout ce que ses petites tiges de jambes ne pouvaient éviter. Il courait. Il vitessait. Ah, la flèche intrépide !

« Olé ! Olé ! »

Le marché était une espèce de monstre au ventre bouillonnant avec des tripes qui s'enchevêtraient, se nouaient, se dilataient infiniment. Du goudron au lac, du pont aux grands collecteurs d'eaux de l'est, les hangars et les étals se suivaient comme les eaux de la même pluie, avec la même foule nonchalante et pressée, les mêmes voleurs rusés et audacieux, les mêmes vigiles peureux et corrompus. Un cri de détresse poussé là-bas, à l'autre bout, trouvait aussitôt des relais sur les lèvres des autres marchandes. Mais un cri, multiplié par autant de bouches que compte ce marché – même en temps de petite animation – arrêtait rarement un voleur. Et un voleur arrêté est avant tout un barbecue virtuel : terrassé, malmené, lynché, il est, sans frais, passé au supplice du feu. Ah, le tchatchagan* de maître Méguila.

Il le savait, le petit bout d'homme de tennis. Ses yeux en avaient vu de plus amples. Ses oreilles en avaient essuyé de plus drôles. Restait que ses propres peurs, ses propres angoisses, ses propres zombies ne le rattrapent pas.

Courir! Se noyer dans le vent. Être vent. Vitesse! Vitesse!

Il avait le poing gauche toujours fermé. Il n'avait point l'habitude de le serrer aussi fort, même en courant. Fallait le tenir tel quel jusqu'à destination, sans céder à la moindre envie d'effeuiller le vent avec les doigts. Le pendentif en or devrait y trouver une cachette paisible. Un défi à tenir jusqu'au bout. Un défi à assumer jusqu'à la mort.

À la section B des vendeurs de pièces détachées, la clameur s'était tue. Du moins, l'enfant le crut-il. Illusions? Une clameur tue est une clameur morte, des cris condamnés à s'effriter, donc un voleur hors de danger. Lui, petit bout de tennis, voleur-débutant à peine enfui et déjà hors de toute menace? Il avait besoin, en tout cas, de le sentir ainsi, il avait besoin d'éprouver ce sentiment d'assurance et de sérénité intérieures. Son cœur qui résonnait tam-tam, ses poumons qui fumaient, ses pieds, ses pattes qui devenaient de plus en plus lourds, exigeaient un répit en bonne règle. Une pause, mon petit, une petite pause de rien pour préjouir de l'après-fuite, savourer l'avant-repos du... voleur! Ah, bonne fée!

*

Pourquoi un enfant? Pourquoi un ange? Voler, subtiliser un bien avec la conscience de la morale piétinée, écrasée, est un acte d'adulte, le pur geste de la culpabilité. Pour son ventre, un enfant ne vole pas, il se gourmandise.

Alors, pourquoi risques-tu ce geste, petit bout de citron ? De l'or, un pendentif en précieux métal, sculpté masque guèlèdè*, masque yoruba* de l'empire ? Diras-tu, en ton for de viscères d'enfant, que tu plaides coupable, donc que tu es adulte ? Adulte ?

« La vie rend responsable, m'sieur.

– Quelle vie ? Un souffle donné est un souffle qu'on câline, qu'on entretient. Il y a un auteur, il y a un adulte.

– La vie rend responsable, m'sieur.

– Regarde là-bas, regarde: ils sont des millions, comme toi, à gambader dans l'herbe, à exposer leurs gencives au soleil, à brouter la vie…

– Oui, m'sieur. Ce sont des enfants, seulement des enfants. Ils sont nés la fleur à la bouche, l'espérance dans les yeux. Moi je suis tombé au monde nu. Je dois fabriquer mes propres fleurs, inventer ma propre espérance. Adulte, je suis devenu, m'sieur. Adulte coupable. »

*

Il s'était arrêté. Sous un comptoir vide, il avait décidé de marquer la pause obligée. Il crachait le vent, il soufflait le cyclone. Il semblait que de sombres vapeurs, de tous ses orifices, sortaient en volutes nerveuses. S'ouvrir, oui, ouvrir son corps, s'éventrer, de la gorge jusqu'au rectum pour que tout s'évacue, s'élimine, se dissipe.

Une minute. Bientôt deux. Les choses, devant ses orbites, devenaient moins fluides, moins liquides. Les couleurs, lentement, se recomposaient et le mouvement des hommes et des êtres, le mouvement de la vie devenait régulier. La vie à l'endroit. La normalité.

Il regarda autour de lui, s'assura qu'il n'était plus dans les lunettes de qui que ce soit, puis avança lentement la main droite vers la gauche. Être précis, être méticuleux avec cet or chéri, lui offrir un minimum de protection. L'émotion était aux aguets, là, dans ses yeux, là, dans ses articulations. L'émotion, le grand personnage de ce scénario inattendu.

Lentement, il ouvrit le poing en dégageant deux doigts. Le pendentif rayonnait toujours dans sa paume froide, transie de sueur. Il rayonnait, petit soleil au volume onctueux. Il lui semblait un moment liquide, mousseux, avec cette bienheureuse impression de s'être démultiplié, gonflé. L'extase ? Serait-ce ça l'extase ? Il referma son poing, inspira voluptueusement. En dedans, il cherchait un sourire pour exprimer son soulagement, sa satisfaction, son bonheur. Mais le sourire manqua à l'appel. Une curieuse urgence, soudain, le ramena dans ses troubles, dans ses émotions crues. Question :

« Où trouver une cachette dix fois plus sûre. Une cachette inaccessible, insoupçonnable… Et si… Mais oui, oui ! »

Il approcha le pendentif de sa bouche, le glissa sur la langue, l'envoya au fond, tout au fond. Un « glup », un « glup » lourd puis le bijou descendit sous une forte coulée de salive. Son visage grimaça l'envie de tout rendre, mais silence, mais sérénité. Il ne se passait plus rien. Plus rien, rien, monsieur !

*

« Tu n'as pas répondu à ma question, petit : comment fait-on un enfant-adulte ?

— Je… je ne sais pas, m'sieur.

— Tu m'avais dit, te souviens-tu, que tu n'étais pas né comme les autres.

— Être né dans la marge, oui. Être né dans la fange. Mais on ne fait pas un enfant-adulte ! Ça se fait tout seul.

— Raconte-moi alors comment tu t'es fait, instruis-moi de ta genèse, de ton histoire.

— Un être vivant n'a pas d'histoire, m'sieur. Il a sa vie étalée sur les trois ponts du temps : le passé, le présent, le futur. Ça ne peut se raconter. Ça se voit, ça se vit. »

*

Il voulait sentir son bijou, son or adoré dans le ventre. Il voulait le tâter, le palper comme s'il était dans un petit emballage de toile, offert là, sous les doigts. Attendre. Il fallait peut-être attendre, lui donner le temps de bien descendre, de se retrouver quelque part dans son ventre, à deux pincées de la peau. Attendre. Attendre.

À gauche, un peu plus loin, s'étirait le énième comptoir des vendeuses de vaisselle. Juste après, la grande sortie, la gueule énorme qui avale ou vomit la multitude grasse et moutonnante. Tout était calme. Pas la moindre casquette d'un vigile. Ou plutôt, plutôt si : le ventre rebondi d'Alphonse, le dodu de service, mollasson, gluant comme dix quintaux de paresse notoire. C'était un demi-vigile planté là, pour des raisons « chaudement sociales ».

Sortir. Avancer. Garder l'air serein, ne pas montrer qu'on est suspect. Peut-être que son signalement avait été répandu aux quatre vents. Il aurait suffi qu'une bouche s'ouvre, répercute le « Olé » diabolique pour qu'on le transforme en steak saignant. Sortir. Avancer. Déjà dix pas. Rien à signaler, monsieur.

« Tchakpalo ! Adoyo glacé ! Adoyo ! »

Il frémit. À droite, à quelques enjambées du portail, une jeune fille, riche de son teint de caramel brûlé, offrait à boire aux passants agressés par la chaleur et le soleil. Pour dix francs, elle vendait de la limonade locale et de la bière non alcoolisée à base de maïs. De la voir, juste de la voir elle et ses grosses gourdes pleines de tchakpalo vous donnait l'envie.

« Tchakpalo ! Adoyo glacé ! »

L'enfant ne résista pas à l'appel. Quelques pièces dormaient encore dans le fond de ses haillons. Il s'approcha, se mit dans la file qui attendait. Faut dire que la vendeuse a du succès. Faut avouer qu'elle ne gronde pas fort quand des messieurs – toujours à eux, les belles choses – risquent des mains baladeuses sur sa poitrine, de respectables yovo-doko*, insolemment charnus.

« Combien ?

– Vingt-cinq francs !

– Adoyo ?

– Tchakpalo ! »

Il but d'un trait. Frais, mon Dieu, frais, l'intérieur de la gorge ! Le tchakpalo est l'une des inventions généreuses de ce siècle. Le goûter seulement, c'est s'installer dans la provocation. Car il vous tient en laisse et exige quantité de doses avant de se calmer à regret.

« Encore pour vingt-cinq francs, ma bonne.

– Avec ou sans glaçon ?

– Avec ! »

De nouveau, ses lèvres se posèrent sur le rebord de la petite calebasse. Deux gorgées. Trois gorgées. Il s'arrêta pour espacer les intervalles, faire durer le plaisir. Mais l'insensé ! Il avait oublié que ses haillons, ses crasses sur les fesses, ses vingt cuillerées de sueur sur le corps, son allure de fol enfant devant cette nuée de gens dix fois plus proprets, pouvaient attirer le regard et rendre plutôt curieux. L'insensé ! Il avait oublié qu'il était pourchassé, qu'il y avait des gens qui n'existaient que pour rendre imbuvable la vie aux autres. Il avait oublié que Dieu avait momentanément arraché au diable l'épée et la fourche qui pendaient au-dessus de son crâne. Et déjà des visages se renfrognèrent. Et déjà, des regards se croisèrent.

« Dis donc, toi, d'où sors-tu avec toutes ces crottes?

– Me semble l'avoir vu quelque part, ce môme.

– Peut-être que…

– C'est lui!

– Quoi lui?

– Le petit voyou. Le voleur.

– Viens par ici qu'on te voie!»

L'enfant fit deux pas en arrière. Le soleil, derrière la forêt de nuages qui paysageaient le ciel, sortit et irrigua davantage la nature. La chaleur monta de trois degrés. Le gosse le sentit dans la gorge. Une vague de vertige. L'impression cruelle d'un étouffement. Des cris aussitôt, les mêmes cris perçants que tout à l'heure:

« Olé! Olé!

– Arrêtez-le! Arrêtez-le!»

Il ne sut plus quand il jeta le tchakpalo et la calebasse. Il ne sut plus quand il se mit à courir. La tête brumeuse, le cœur tic-tac, il se coula hors de la gueule du grand monstre et gagna la rue, l'enfer, l'autre, le haut lieu du délire des zems*.

« Ce n'est pas ma chanson, homme, ce n'est ni un conte pour enfants insomniaques. C'est le fleuve de ma mémoire. Un courant d'eaux qui charrie la vie et la mort, l'amertume et le miel, le silence et le bruit.

Ce n'est pas ma chanson, j' te dis, ce n'est ni du blues, l'émotion sur commande. C'est le vent qui s'aventure dans le vaste champ du monde et ramène des senteurs de gaieté et de mélancolie.

Je n'ai rien à offrir, ni à prendre. J'ai déjà tout donné, c'est la vie, l'infortune qui m'ont fait ainsi... Il y a, dans cette ville, quelques traces de mes pas, quelques haillons de mes odeurs. Écarquille les yeux, renifle le vent et tu verras, homme, tu sentiras ma vie, ma petite vie telle que contée par les trottoirs, les caniveaux et les décharges publiques. C'est la seule, l'unique concession qu'il me plaît de te faire. »

*

Quelle direction prendre quand on a des « Olé ! Olé ! » dans le dos ? Où courir quand la masse imbécile des piétons traînasse sur le trottoir, l'occupant comme des patriarches imbus ? Comment retrouver son chemin lorsque le vent lui-même a perdu le sien ?

Courir au hasard. Confier son destin à ses pas, à ses instincts. Il l'a toujours fait avec des fortunes diverses. Il l'a toujours essayé avec ses odeurs d'enfant-adulte.

Loin devant, le pont se détachait du rideau de fumée que crachait la véhiculaille fiévreuse de la rue. Une espèce de boa gigantesque au dos hérissé de fer, délicatement posé sur la lagune, montant et descendant les deux bouts de la ville.

Le pont. La lagune. Pourquoi hésiter? Pourquoi ne pas imiter « ses grands frères », passés maîtres dans l'art du vol-voltige?

Il se faufila entre deux dames à la croupe grasse, sauta par-dessus un mendiant exhibant un moignon de bras, bouscula un vieil alcoolique. Encore un ahan. Peut-être deux. Derrière, la meute courait, clamait sans répit son indignation. C'étaient des hommes, rien que des hommes qui tenaient à relever le défi d'arrêter leur premier, cinquième ou vingtième voleur!

L'enfant sentit son ventre faire « ploc! ploc! ploc!». Le tchakpalo bu à crédit avait tout inondé là-bas. Sans doute a-t-il aidé à faire descendre l'or au bon endroit, à le loger à la bonne couchette.

Déjà, la dernière pente avant le pont. Le pont lui-même. Il s'arrêta. Ah, l'air frais! L'air câlineur! Caresse mon visage, vent du petit large. Tes longs souffles silencieux contre ma peau humide, ma peau brûlante, sont les bienvenus, les seules vraies douceurs depuis longtemps. Inflige-moi ton chant, ton beau chant dans les oreilles pour que j'oublie tout, j'annule tout, jusqu'à ma mémoire d'enfant-adulte. Fais-moi oublier le temps et l'infortune des hommes, frère du petit large, pour que je retrouve mon royaume d'avant le monde, l'utérus de ma mère.

« Bouge pas. T'es fait.

– Plus un geste, t'es pris. »

Ses poursuivants. Ils n'étaient plus qu'à cinq pas, qu'à quatre pas. Mais lui ne frissonnait pas. Il ne frissonnait plus. Le danger pour lui n'était plus réel. Il n'existait plus. Mort, bien mort. Il lui semblait désormais appartenir à une autre planète, là où le mal avait déjà vécu, là où les persécutions avaient déjà été gommées, là où les douleurs s'étaient elles-mêmes anesthésiées. Ailleurs. Être ailleurs. Et vivre comme le temps, se fondre en lui.

« Olé! Olé! T'es fait comme un chien. »

Il s'accrocha à la rambarde du pont, se hissa au-dessus. La lagune paraissait si plate, si éloignée. À la surface, elle dansait, drainant dans sa vision des à-plats argentés de soleil. Bras en croix comme un cerf-volant, l'enfant jeta un œil, un dernier à ses poursuivants. Il attendit que le premier fût à un mètre, à un doigt, à un cil. Son rire de coquelet le fit tanguer. Une cabriole. Il se projeta dans le vide. Le bruit d'un corps qui s'abat sur l'eau, puis plus rien.

*

« C'est moi son premier lit, dit la décharge. C'est moi sa première étreinte.

— Pourquoi là? Ce n'est point la coutume.

— La coutume n'est pas la norme. La norme, c'est la vie, des circonstances, des émotions, l'homme, Dieu. Une nuit, dans le frais matin d'un ciel sec, quel-qu'un est arrivé, les bras chargés d'un paavi*. J'ai reçu le colis sur la gueule, en même temps que les larmes d'une femme. Elle a versé sa douleur sur mon corps et a confondu ses restes à l'horizon. Alors, au matin tiède du soleil, j'ai reconnu, en même temps

que les badauds, un nouveau-né. Après l'indignation
de la Civilisation, un homme est venu, il a risqué une
main charitable sur le paavi. Viens voir ici, mon ange:
tu feras désormais tes dodos dans mes bras. »

*

L'eau était, comme d'habitude, tiède. L'enfant
s'en délecta. De la cheville à la nuque, des cheveux
aux orteils. Il n'avait pas besoin d'une poursuite
pour trouver le lac si doux et si accueillant. En
temps normal, il en avait l'habitude: il venait y
patauger les jours de grande canicule ou après les
heures de labeur au marché voisin.

Au-dessus de sa tête, sur le pont, la vie n'avait
point arrêté son commerce. Le même chahut, les
mêmes jets d'urine à travers les rambardes, les mêmes
ordures lancées par-dessus bord. Plus personne
n'était accroché là pour surveiller sa remontée. Ses
poursuivants avaient disparu. Partis après l'avoir
longtemps maudit. Partis après avoir demandé au ciel
de descendre sur lui tous les malheurs du monde.

La paix. Le grand calme à l'ombre du pont. La
paix qui roula sur lui éponge la bonne dose de stress
qui le vampirisait. Il s'allongea sur le dos, étendit les
bras à son aise, ferma les yeux. Restait une chose, une
seule, messieurs dames: qu'il prenne enfin son pied!

*

« Que veux-tu que je te dise, monsieur ? Ici, dans cette maison où je conserve quelques pincées de son odeur, il n'a vécu et n'a poussé que le temps d'un autre malheur. Le maître des lieux, une nuit d'orage, a été happé par les sorciers. Foudroyé et envoyé à la ripaille nocturne de la gent cannibale, a-t-on dit. Mort à l'africaine. Mort surtout intestat. La famille, vautours, rapaces et autres croque-morts, n'aiment pas les héritages infructueux. À la porte mon garçon, il fait humide ici.

– Que veux-tu que je te dise, homme ? L'enfant débarqué dehors n'est jamais revenu. Il est parti, la dignité dans son sac sans vouloir exiger quoi que ce fût, sans même demander qu'on s'apitoie sur son sort. Tu vois, je ne connais même pas son nom. C'était une trace... »

*

Soudain, un brusque mouvement de l'eau. L'enfant sentit une forte pression autour du bras. Quelqu'un venait de lui saisir le poignet. Il se cabra, tenta de se dégager. Pression forte, trop forte. Avec l'autre bras, il réussit à pirouetter pour faire face à l'obstacle. L'obstacle ? Nubi, le roi des voleurs du Nouveau Pont, le sieur, le parrain de racaille locale. Un géant, saillant de partout le corps, comme un bloc de béton, des jambes, des bras, un énorme éléphant à la voix brisée, déchirée, enroulée. L'enfant ne l'avait pas encore reconnu. Il était encore sous le choc de la surprise.

Et « l'obstacle » de commencer à rire. Des guttu-raux éraillés qui, soudain, remplirent la tête du petit garçon, se décuplèrent et se répandirent partout. L'en-fant perdit ses moyens. Ses intestins, ses vertèbres, sa tête, il les sentit défaillir, tanguer. Impressions doulou-reuses de lourdeur. Du vertige. Il vacilla brutalement dans l'eau. Et avec l'eau, il perdit connaissance.

*

« J'ai l'habitude des p'tits culs, moi ! Y en a qui font leurs niches ici, y en a d'autres qui zouavent dans le bordel. Le bordel, j' te dis. Passe encore qu'ils pissent, qu'ils coulent leur diarrhée « crash, crash, crash ! ». Mais qu'ils viennent sauvageonner ici, dans mes entrailles, quelle époque !

– Monsieur l'égout : ce n'est pas leur dessein que d'être indélicats. Ils sont nés si nus… !

– Où suis-je né, moi ? Un p'tit gueux qui attire dans ma loge les ashaos* de triste poil avec les pié-cettes de la manche… C'est la malédiction ou quoi ?

– Le faisait-il ? Lui, tête volumineuse, cou, jambes, bras tuyaux ?

– Pas lui. Non, pas lui. Il nichait ici, devançait le soleil à son réveil pour aller à la débrouille. Combien de soleils il a devancés, le p'tit con ? Soixante ? Quatre-vingt-dix ? Sais pas ! Après la première flotte, disparu… »

*

À l'ouest du Nouveau Pont, un bidonville pointait un petit museau déjà fort garni : des abris de fortune faits de cric et de crac, de gigantesques cartons cellophanés, des hangars aux tôles surrouillées, des baraques en planches de salut, des poubelles, des ordures, l'univers du vrac... L'enfant se réveilla. Ses yeux firent le tour des trois visages qui se pressaient autour de lui. Il n'eut pas de peine à reconnaître, au milieu, Nubi, le géant. Le même effroi qui l'avait renversé tout à l'heure, le traversa de nouveau. Mais l'homme le rassura, en lui montrant ses dents habillées de nacre et de jaune.

« Tu m' dois la vie, p'tit. C'est à toi de me remercier, de m'être reconnaissant, hein ? »

L'enfant ne voulait pas, ne pouvait pas parler ; il ne pouvait pas dire qu'il avait d'abord envie de sortir de sa brume intérieure, de retrouver ses silences intimes, de s'arracher à ses brouilles souterraines. L'homme était trop heureux de l'avoir à lui, sans doute pressé de lui demander quelque chose. Et l'enfant eut peur que ce « quelque chose » fût...

« Maintenant, fais voir ce que t'as volé. On peut dire que tu l'as bien caché, cet or, mon grand. Alors, montre !

— Que... comment ?

— Fais pas le Godonou, p'tit. Je parle de l'or que t'as volé. Tu m' donneras ma part, hein ?

— Peux... peux pas. Peux pas parce qu'il est dans mon ventre.

— Dans ton... ? »

L'homme fit tonner son rire de dément. Il se cala dans son fauteuil, piétina le sol de ses larges pieds.

« Sacré môme, siffla-t-il. On peut dire que tu les as bien eus. Mais ça, c'est pour eux. Le même numéro peut pas prendre avec moi. Car je sais faire avaler leurs couilles à ceux qui me mentent. Alors, tu accouches ? »

L'enfant se retint de justesse pour ne pas tout lâcher dans sa culotte. Comment convaincre l'homme que le pendentif était dans ses entrailles ? Comment lui faire admettre que le butin n'avait pas encore échoué dans d'autres mains complices ? Dans l'univers de la petite canaille, de telles manœuvres étaient bien connues : quand un voleur est poursuivi ou risque de se faire prendre, il glisse, par un tour de passe-passe, son butin à un complice qui s'évanouit aussitôt dans le vent. Lui n'avait pas encore intégré ce territoire, il ne pouvait pas se coltiner un complice.

« Si vous voulez, donnez-moi un laxatif pour que je me déleste. On retrouvera sans doute le pendentif dans mes…

– Têtu, n'est-ce pas ? » aboya aussitôt l'homme.

Il le prit par les cheveux. Ses doigts se refermèrent sur une touffe au milieu du crâne. L'enfant sentit sa tête frémir, gronder, il sentit ses cheveux se détacher. Une sensation de brûlure. Une douleur là, là, là ! De la fêlure. Du sang. Sa voix se déchira en de milliers éclats qui secouèrent la case-container.

« Tu vois, y faut pas beaucoup pour te réduire en tas de merde. Maintenant, j' te donne une dernière chance.

– Je… je jure, grand frère, trembla toujours le jeune garçon. Je jure que… Regarde, il est là, je le sens. »

Il lui montrait maintenant son ventre, son coco de ventre, plutôt rebondi – après le tchakpalo bu à crédit – qui se détachait de son corps décati, frêle, déviandé. Il le lui montra comme pour lui donner assurance que la pièce était bien perceptible sous son doigt, comme s'il aurait suffi de faire un mouvement pour le cueillir. Mais l'homme gardait toujours un masque de terreur cru. Ses mains, crispées par la nervosité, s'étaient déjà rouvertes, les touffes de cheveux avaient glissé entre ses doigts et le sang, par à-coups, s'égouttait.

Les deux autres hommes avaient reculé vers le mur, se contentant de regarder leur chef. Ils le savaient : quand la colère le chauffait, quand elle l'incendiait au-dedans, ils se terraient dans un coin, attendant des ordres ou autres impératifs pour agir. Et les ordres ne tardèrent pas. L'homme cracha :

« Un canif, vite, un canif ! »

Une lame de couteau, aussitôt, s'allongea sous l'œil de l'enfant. L'homme s'en saisit et l'approcha de son ventre, son menu ventre rebondi.

« T'as raison, petit, acquiesça-t-il. Faut le crever, ton canari de ventre, pour sortir ce putain de pendentif en or ! »

Ses yeux plongèrent sur le ventre de l'enfant, s'agrippèrent ensuite au couteau puis, de nouveau, retombèrent sur le ventre. Mouvement de va-et-vient, ping-pong, clic-clac... Puis, soudain, le coup. Il le porta, vif et incisif. L'enfant eut la sensation foudroyante qu'une aiguille venait de lui traverser les intestins. Illusions. Car c'était à côté, dans la chair bleue d'un vieux pouf. Un meuble qui, démembré, éclaté, vomissait ses boyaux – des chiffons, des coupons d'étoffes – sur le plancher de la case-container.

« OK, inspira bruyamment le géant, j' vais d'abord utiliser le laxatif. »

*

« Qui a dit que je n'étais pas fréquentable ? Qui a répandu à la ville entière ma réputation d'artère encombrée, de rue polluée, de chaussée bruyante, de route trouée, crevassée ?

Les hommes se plaignent de tout et ne désirent, pour leur malheur ou leur bonheur, que fréquenter les gens et les lieux dont ils se plaignent.

À toute heure du jour ou de la nuit, ils passent et repassent sur mon corps. Qu'il tempête ou qu'il grêle, ils sont là, présidents ou chiffonniers, illuminés ou crétins, riches ou mendiants. Si ce n'est leurs jambes ou leurs véhicules, c'est leurs crachats ou leurs déjections.

Parmi mes locataires assidus, la grappe compacte des vendeurs à la sauvette, les mana-mana* de service. J'en ai vu un de très jeune, tête ovale de papaye, pattes moustique. Il s'agrippait aux véhicules à l'arrêt, récitait la supplique lancinante du vendeur désespéré, cabriolait quand certains automobilistes s'amusaient à lui faire peur. Une menue silhouette, un être fretin comme condamné à s'oublier en lui-même, à ne point grandir. Un souvenir fugace, mon ami… »

*

Une demi-heure d'attente. Une demi-heure de rien. Le jeune garçon venait de subir sa énième torture. Pour la énième fois, on lui fit boire le même laxatif, surdosé quatre fois comme pour rompre les boyaux d'un éléphant. Mais il n'avait pas encore lâché des intestins. Il était nu, assis sur un pot d'aisance en plastique, à peine en équilibre, ruiné par l'effort, la tension, la fatigue.

Le géant, à côté, ne tenait plus. Il tournoyait sur lui-même, brûlait cigarette sur cigarette, avalait sodabi sur sodabi.

« Tu vas finir par chier, oui ! »

Et l'enfant, à chaque fois, geignait, poussait. Mais il n'y avait toujours rien, rien dans le pot. Au surplus, quelques gouttes de sueur, deux cuillerées d'urine. Et une attente de plus en plus insupportable, une nervosité de plus en plus exacerbée. Avec, dehors, la rumeur, la forte rumeur du marché qui roulait sur la ville, trouait le silence précaire de la case-container. Il y avait de quoi perdre les ficelles de la tête, Dieu !

« Ça y est ! » fit l'enfant, soudain.

Une forte et grande giclée. Le bout d'ange poussa et repoussa. Il y eut des gargouillements, des crépitements, de l'ébullition puis un grand silence. Le pot, déjà à ras bord, fumait, libérant une sainte odeur dans le réduit. Le géant inspira d'une seule narine et ordonna :

« Va falloir fouiller cette merde, les gars ! »

Il demanda alors à un de ses sous-fifres de prendre le pot et de le suivre. Par la porte, les trois hommes se précipitèrent, traversèrent la rue et descendirent vers la berge. Ici, les ordures, les herbes, folles et indisciplinées, s'étalaient partout, occupant toute la rive, ne laissant qu'un filet de sentier qui se perdait dans le lac.

« Cesse de faire le propouillot, gronda le géant à l'adresse de celui qui tenait le pot. C'est pas des déchets nucléaires. Plonge maintenant ça dans l'eau. »

L'homme hésita un instant avant d'obéir. Le pot fut immergé puis retiré, puis ensuite immergé. Trois fois, quatre fois. Il fallait, progressivement, en alléger le contenu, le rendre plus clair pour voir le fond et retrouver enfin le pendentif. Les yeux de l'homme devenaient plus gros, plus luisants, plus incisifs. Ils avaient plongé dans le pot, attendant l'ultime moment. Bientôt, les excréments furent vidés, puis le fond se détacha. Le fond bleu. Le fond uniforme. Sans or, sans pendentif, sans butin. L'homme faillit s'étrangler de rage.

*

« Par pudeur, on les appelle "techniciens de la manche" car ils ne vivent que d'aumône et des restes des autres. Clochards, lépreux, unijambistes, manchots ayant vendu leur membre au diable pour s'enrichir, petits truands sans génie, demi-fous diseurs d'apocalypses à venir, ils sont nombreux à venir ici coucher leurs ennuis, offrir à leurs rêves l'occasion de jouir d'un petit confort contre une ou deux piécettes. Dormir sans les aboiements et les coups de brodequins des policiers ? Un cadeau de Dieu, la chance du siècle à fructifier !

Alors, comme tous les autres lui aussi est arrivé louer un coin de terre pour son dodo. Mais il a trouvé le sol à son goût, la saleté à sa dimension. Depuis, il a additionné les jours, multiplié les nuits. Je le guettais parce qu'à l'inverse des autres, il avait, dans son visage noir crémeux, des yeux d'un éclat luminescent, une vie subtile pleine de rumeur, le deuxième déséquilibre dans ce petit ensemble vacillant. Où trouve-t-il l'argent pour payer son coin de terre ou son quartier de ciment froid ? Le marché, qui est à deux rumeurs d'ici, renferme ce secret-là. C'est comme le fleuve qui donne à tous à manger et à boire, c'est comme la terre qui offre ses fruits et ses largesses aux hommes. Il suffit, pour cela, de commercer avec eux, de courber l'humilité jusqu'à leur taille, le degré zéro de la croissance.

— Que fait-il alors au marché ?

— Je ne le sais pas. Ce n'est pas mon dessein que de le savoir. »

Disparu. L'enfant avait disparu. Les trois hommes le constatèrent en retournant sur leurs pas. Faut le rattraper, le petit morveux, faut le coincer, le mettre à l'attache puis, lentement et avec un art raffiné de la torture, le braiser ! Branle-bas général, sus au petit impertinent !

Il titubait maintenant, le petit bout de tennis. Il titubait, les muscles défraîchis, les yeux creux, les narines coulantes. À chaque enjambée, il se retournait, fouillait l'horizon, tentait d'en déchiffrer les ombres. Mais personne ne semblait être soudé à ses pas, personne ne paraissait s'attacher à son odeur. Qu'importe : la meilleure manière de se mettre à l'abri, c'est de fuir, aller jusqu'aux limites du monde, jusqu'au bout de ses exigences intérieures.

Le grand fracas du marché commençait à retomber. Le soir traînant sur la ville, les vendeurs avaient empaqueté leur marchandise et rentraient en même temps que les clients, les fonctionnaires et autres chômeurs qui essaimaient les rues. Les rues où motocyclistes et automobilistes avançaient les uns sur les autres, où piétons et portefaix s'écrasaient les pieds, où les gaz d'échappement tissaient lentement leur rideau noir.

S'arrêter. Juste s'arrêter devant la ligne brune, cette double voie face à laquelle il venait de déboucher après avoir grimpé une ruelle montante à travers les espaces jardinés. Pourrait-on le reconnaître dans cette foule-fleuve ? Un œil traître, une bouche assassine ne pourrait-elle pas s'ouvrir et rouler sur lui le mot « Olé ! Olé ! » ? Certes, il n'y a rien de tel qu'un gamin de rue qui ressemble à un autre. Mais…

Fallait traverser. Traverser, autant dire sauter pieds joints les quatorze mètres de la chaussée. Et les obstacles étaient partout, à chaque centimètre carré, surtout qu'aucun usager n'aimait céder et qu'ici, priorité signifiait minorité.

Il s'accrocha à son instinct et risqua sa petite silhouette. Des cris, des jurons le rudoyèrent aussitôt. Il avait déjà sautillé et atterri sur le pied gauche. Un zem mal inspiré fonça droit sur lui. Il évita sa trajectoire, devança un taxi, se faufila entre deux camions qui roulaient au trot. Restait plus qu'à enjamber les deux derniers mètres de la chaussée. Un pas. Un autre. Au même moment, sur la gauche, surgit un « cercueil roulant », une fourgonnette de l'an mille neuf cent longtemps, sans frein, ni phare. L'enfant eut le malheur d'hésiter. L'asphalte semblait s'être collé à la plante de ses pieds. Et le choc…

Le choc. Un fracas de tôle et de fer. Le goudron résonna sec et lourd. Puis aussitôt, un silence. La voix de l'enfant projeté de l'autre côté, sur le trottoir, saigna horriblement.

« Maman ! Maman ! »

*

« Tu crois, bonhomme, que je te dirai quelles âmes m'habitent, quelles forces me traversent, quels ennuis viennent se lover en moi pour que j'arrive à assumer tout cet océan moutonnant ?

» Je veux savoir, savoir ce qu'il fait ici, comment porte-t-il la vie de tous les jours pour manger et dormir le ventre peu orphelin. Dis-moi, Grand Marché…

» Chacun a ses secrets sur cette terre de rencontre. Ils sont nombreux, poussés par le besoin et la quête. Et lui, miné par les mêmes obsessions, s'est attaché aux services des usagers.

» Je ne sais pas. Peut-être portefaix, pousseur de pousse-pousse, cireur de cuir, vendeur-baba, aiguiseur de couteaux… Je ne sais pas. Quand tu connaîtras la vie d'un, d'un seul, tu devineras celle des autres et donc celle de ton… Comment l'appelles-tu déjà ?

– Enfant-adulte. »

*

Déjà des badauds. Ils se pressaient à ses pieds. Bruyants comme jamais, venimeux à l'adresse du chauffard, pitoyables à l'égard de l'enfant. L'enfant qui était étendu au sol, allongé comme du brochet séché, tenant son coco de ventre :

« J'ai… mal ! Mal ! »

Il ouvrit gros les yeux. Une femme, dans la cohue, debout sur ses talons-pilotis, pleine à dégouliner, le détaillait. Elle le reconnut. Elle reconnut le petit voyou qui, dans sa vitrine, avait plongé la main et avait « consommé » le pendentif en or. Elle voulut se jeter sur lui, le frapper, hurler le « Olé! Olé! » rassembleur. Mais il y avait comme une forte gelée dans sa gorge, dans ses réflexes, dans son sang. Elle se contenta de le regarder, s'efforçant de lire sur ses lèvres ce cri lancinant. Des voix se mêlèrent dans la cohue. Des voix se tutoyèrent mais personne ne se décidait à porter secours.

De ses yeux brouillés, le gosse regardait toujours la dame. Il voulut, pour une énième fois sans doute, articuler son cri mais au lieu d'un son, ce fut du sang qu'il cracha. Du sang escorté par une forte écume. Puis, soudain, du métal, un doigt de métal jaunissant, le pendentif!

« Ma... man... », fit-il.

De la foule, un autre gamin sortit, même tronc décharné, mêmes membres frêles comme coupés dans du bambou. Il rampa vers le blessé qui se vidait. On eût dit son frère jumeau. Il s'approcha, prit le pendentif, fit mine d'en examiner les contours comme s'il s'agissait d'un objet familial. C'est alors qu'il écarta la foule et s'éloigna. Il s'éloigna en courant. La femme n'eut que le temps de s'étonner et de s'écrier:

« Olé! Olé! Il a pris mon pendentif!»

Une clameur. Une clameur vive et déchirée. Les mêmes voix qui, tous les jours, découvrent ici ou là des enfants-adultes, des enfants-coupables. Les mêmes voix qui crient à leur lynchage. La énième course-poursuite venait de s'amorcer.

*

« Tu comprends maintenant tout, mon cher poète. Tu as réussi à éponger toutes tes interrogations.

— Je n'en suis pas sûr. Oui, j'ai donné mes oreilles à la rue, j'ai arraché à certaines maisons quelque halo de tes odeurs. Oui, j'ai emprunté les mêmes chemins silencieux et tortueux pour mesurer tes pertes, comprendre tes douleurs. Mais je ne sais pas pourquoi ta main, ta petite main a plongé là, dans cette vitrine, ni pourquoi tu es né... orphelin. »

L'enfant avait éclaté d'un sombre rire. Un rire qui me révéla, en passage éclair, les rayures qui troublaient son âme. Il m'avait répondu.

« Triste poète, ton devoir n'est pas d'expliquer mais de révéler, de livrer aux hommes tes illuminations. Moi j'ai voulu rattraper le temps perdu pour ma croissance, j'ai voulu arracher au monde mes trésors confisqués et m'installer dans la logique des hommes. Mais je ne suis rien d'autre qu'un enfant-caniveau, un être oublié dans les décharges du monde. Ma naissance, semble-t-il, n'a été qu'une simple erreur. Ma mère attendait un pet. Mais de ses jambes est sorti un enfant. Que veux-tu que j'y fasse ? Maintenant, laisse-moi seul dans ma cage, m'sieur. Laisse-moi rire de ma vie trouée. »

Je m'étais levé. J'avais avancé de deux pas. Je m'attendais, en me retournant, à le surprendre en train de pleurer. Mais non. Il ne pleurait pas. Il ne riait pas. Il dormait comme déjà absorbé à s'inventer une autre vie ailleurs. Peut-être dans le Grand Large. Peut-être dans la mort. Si jeune et déjà vieux. À peine né et déjà sacrifié…

PRÉSUMÉE SORCIÈRE

D ANS MES BRAS, l'enfant ressemblait à de l'argile poreuse. Pas besoin de lutter contre mes larmes. Pas besoin de les refouler loin, dans le profond de mes limites intérieures. L'émotion, déjà brûlante, avait jailli de mes yeux et de mon corps, avait souillé mon visage, ma peau puis, lentement, avait étendu ses eaux sales et boueuses à mes pieds. Ne restait maintenant qu'à étouffer la cruelle morbide, cette fragilité passagère qui risquait de crever, en mon intérieur, l'envie de réagir à conséquence. Réagir, la haine dégoulinant du cœur, comme un cours d'eau en folie.

Je fermai les yeux, serrai contre ma poitrine molle l'enfant mort. Une vague de chaleur s'échappa du cadavre, me pénétra par le sternum. Je crus entendre un furieux appel intérieur. La voix de l'enfant sembla vibrer en moi, j'en perçus le son, les inflexions cristallines, les roulements étouffés : « C'est elle, mon bourreau, c'est elle l'ouvrière, l'inventrice de ma mort. »

Le ciel, au-dehors, étincelait de lumière solaire. Malgré les filaments nuageux bosselant l'horizon, la charge enflammée de l'astre brûlait la terre, étouffait l'air.

Je sortis de la case, écrasai quatre pas dans la cour où m'attendaient d'autres hommes. Des lamentations de pleureuses s'élevèrent aussitôt. Abiba, ma gluante, les seins vomis par la pression d'une camisole trop juste, se détacha de la foule.

« Mon enfant ! Mon enfant ! »

Elle s'effondra dans le sable, tendit les mains vers le cadavre, le couvrit de ses pleurs, de ses écumes. Des mains, aussitôt, la saisirent. Des mains, aussitôt, la soulevèrent. On l'emmena loin de là, derrière l'enclos de la case pour l'apaiser, rompre en elle la souffrance. Mais sa voix grise, déjà enduite de douleur, décoiffait toujours le ciel, saucissonnait continuellement le temps, avec ces minutes de saignement et de gémissements...

Lentement, je présentai le cadavre au groupe. Tous s'approchèrent, le prirent, chacun son tour. L'enfant n'avait point été déshabillé. Il était toujours dans son caleçon humide d'urines et de coulées diarrhéiques, barbouillé de morve et de vomissures.

Des yeux, je me concertai avec mes compagnons. Des yeux, on discuta. Des yeux, on décida. Alors, étouffant un ultime hoquet, je repris l'enfant mort et tonnai :

« Si ta mort a été provoquée
Si ton âme a été escroquée
Anime-nous de la force de bouillir
Charge-nous de ne point faillir
Elle mourra si elle est indéfendable
Elle vivra si elle n'est pas coupable. »

À ces incantations, les autres voix, sans attendre, me renvoyèrent les mêmes échos :

« Laver la mort ! Laver l'opprobre cousu à l'âme depuis trois naissances…

– Vengeance !

– Oui, vengeance ! »

J'acquiesçai de la tête. Des épaules, je poussai le portail en tôle de la maison. Mes yeux, vidés de la douleur qui les avait violemment dilatés, se gonflèrent d'une charge haineuse. Derrière, les quatre hommes firent procession. Ils se collèrent à mes pas et, dans leurs gestes déjà pleins de fureur, se dessinaient les traces et les rumeurs du drame à venir.

*

« La chouette avait été surprise par la bourrasque, elle avait été ballottée par le tourbillon. Piquant du nez, elle perdit boussole et s'écrasa sur le terrain vague. Et, au lieu d'un oiseau blessé, cassé, rompu, on vit à la place une vieille femme, une silhouette efflanquée, effroyable de laideur, face noire de charbonnier, étendue à ras de l'herbe et haletante comme un chiot essoufflé... »

C'était la nouvelle du jour, l'annonce colportée par le vent et la presse des trottoirs. Et elle dominait tout, accablait tout, renouvelée à chaque souffle d'air, assaisonnée à tous les carrefours du quartier.

Alors, pagnes noués à hauteur des mamelles, culottes portées jusqu'au nombril, femmes, hommes et enfants se précipitèrent sur les lieux. Dans leurs mains, des machettes, des haches et des couteaux. Dans leur cœur, la haine, le besoin et le délire de violence. Avant même d'avoir vu, avant même de s'être convaincus, ils avaient déjà formé leur jugement : « Cette femme, une sorcière, vous dis-je, une ouvrière et servante du diable ! »

Sur le terrain vague, hérissé par endroits de détritus, elle semblait égarée, la vieille femme, égarée en elle-même, égarée dans les flots écumeux du monde. Elle s'efforçait de se relever, de chercher un appui autour, de retrouver un maintien. Ses doigts, couverts de plaies, arqués et travaillés par des rangées de rides, tâtonnèrent frileusement dans l'herbe, griffèrent le sol et se refermèrent sur les racines d'un arbre. Elle s'y agrippa, tira de toutes ses forces. Son corps chancela, pesa sur ses jambes et l'obligea à retomber sur les genoux. Mais elle ne pouvait plus se maintenir dans cette position. De la tête, elle bascula en arrière et se retrouva de nouveau sur le dos, la poitrine fuyante, la respiration saccadée. Elle comprit alors que pour s'élever, se retremper dans la conscience du monde, il lui fallait coordonner ses gestes, par paliers, par étages, à mesure que les forces lui revenaient, ranimaient ses vieux os racornis. Silence.

*

« Cette nuit-là, on l'a vue, éructait la rue. On l'a vue en chouette hideuse sur un arbre perché, hululer le sinistre et la mort. Les ailes déployées – larges comme des branches de palmier – elle avait voleté au-dessus de la bourgade, tournoyé sur le toit des maisons. Même qu'elle avait chanté, libéré un air de son bec crochu, cet air qu'on savait appartenir à la secte des sorciers cannibales :

"Que vas-tu me donner
Ami, vieil ami de mes nuits ?
La lune, ce soir n'a pas lui
Et mes congénères exigent de toi
Ton sang, ton beau sang de roi."

» Les insomniaques et les veilleurs de nuit l'ont entendue. Ils soutiennent même avoir surpris son ballet incessant creuser le ciel. Et, au bout du petit matin, un enfant est mort. Cet enfant, le mien, le nôtre, éteint de la même façon que mes deux premiers, au même âge, dans les mêmes conditions, "au petit matin d'une nocturne de chouette"… »

La vieille reposait maintenant sur ses fesses, les jambes étendues, les bras le long du buste, les épaules presque effondrées. Des perles salées dentelaient son front fuyant, écrémaient ses tempes et son cou froissé. Oui. Elle remontait peu à peu dans sa conscience, mais elle paraissait encore lointaine, encore perdue, encore patraque.

Le bruit de la foule voletait au-dessus de sa tête, tissait une rumeur rageuse autour d'elle. Sur son front, le soleil avait fixé une raie de lumière dorée. Elle n'avait que des cheveux à ras de crâne, à la racine de rouille, mais le jet lumineux en accroissait le volume, rendait sa tête plus hideuse avec ce visage si noir, si cramé. Elle parut déglutir et laissa soudain filer un son, une voix menue, fissurée, suintant la fatigue :

« J'ai mal… très mal. »

Elle voulut replier le pied mais une douleur crue lui crispa le visage. Elle y renonça. Un filet de sang pourpre s'échappa du tibia, rampa sur son mollet et s'égoutta dans l'herbe grasse.

Le temps s'étirait ainsi, la douleur s'étirait ainsi. Et le suspense, le grand suspense verrouillait toujours les gorges.

Là se trouvait sa maison, là au coin de la rue, une mansarde au toit craquelant, à l'odeur d'égout mal curé…

Il n'y avait plus de larmes sur mes joues. Je les avais déjà ravalées, rentrées en même temps que mes hésitations. Mon enfant dormait toujours dans mes bras, bercé par le rythme bousculé de mes pas.

Un œil angoissé sur mes suivants puis je pénétrai dans l'enclos. Calme. Calme plat. Seuls quelques murmures d'arbres qui s'élançaient dans la cour froissaient le silence.

Précautionneusement, j'avançai au milieu de la cour, fis face à l'entrée de la mansarde. Derrière, la procession fit également mouvement et traça un demi-cercle autour de moi.

Au même moment, un froufrou rompit le temps. L'oiseau nocturne, une chouette aux yeux de feu, surgit derrière moi, de l'ombrage d'un papayer. Elle hulula la mort, tourbillonna au-dessus de la cour et disparut dans la rue, dans le vent, dans la nue.

Mon impuissance. Elle se révéla réelle et grande. L'enfant mort glissa de mes bras et s'écrasa au sol. Il me sembla que la meurtrière de mon fils, celle que j'étais venu affronter, venait de se méta-morphoser, de se transformer en oiseau. J'étais convaincu qu'elle était plus forte, plus puissante et que la haine que je nourrissais contre elle, mes résolutions, mes forces n'y pouvaient rien, rien.

Les quatre hommes m'entourèrent aussitôt, tentè-rent de me calmer. Ils glissèrent leurs mains sur mes épaules. Mais je hoquetais toujours. Me fondre dans mes pleurs, me noyer là-dedans, mourir, mourir !

Du dehors, une clameur. Des voix, des cris de guerre assombrirent violemment le ciel. Mes oreilles, au vol, rattrapèrent ce qui se disait :

« La sorcière est démasquée ! Elle est cernée de toutes parts. O héélou ! Venez jouir du spectacle…

– Quoi ?

– Elle est démasquée. Elle a échoué sur le terrain vague près du cimetière… L'heure de la diablesse a sonné ! »

*

Le soleil avait accentué sa pression sur la terre. Le soleil, le vent, la chaleur… Tout s'acharnait contre la vieille femme, contre ce qui restait de sa conscience…

Elle avait réussi à se lever, à se dresser sur ses jambes. Elle s'était libérée de cette lourdeur, de cette impénétrable torpeur qui entubait son esprit et qui l'empêchait de voir, de comprendre. Elle fit un pas, deux pas, trois pas… Mais où aller ? Comment franchir cette haie humaine, ce mur remuant fait de haches et de machettes ? Mais… où est Dieu ? Que dit-il ? Que fait-il ?

Elle s'effara : son vieux pagne sale se libéra de sa taille et tomba. Elle ne portait rien dessous. Nue. Nue, malgré la camisole à bretelles qui lui arrivait seulement au nombril. Nue. Avec ces cuisses-tiges, cette toison poisseuse et blanchâtre, ce ventre flasque, ramolli, étagé de rides... Nue.

Les gens s'esclaffèrent. Ils se répandirent en rires gras en se tenant le ventre, commentant ce machin, cette caricature qu'elle avait au bas-ventre, comparable à du kapok sale.

Me montrer? Me montrer en rompant l'encerclement? Me montrer et faire exploser ma haine contre la vieille efflanquée qui, debout, continuait à s'empêtrer dans ses pagnes?

Je m'avançai au milieu du cercle, vers elle. L'espace sembla du coup enveloppé dans la torpeur.

Ainsi donc, elle ne s'était point incarnée dans l'oiseau qui, tout à l'heure, m'avait nargué. Elle était ici, déjà cernée et maîtrisée. Ici, à un souffle de mon nez, à un doigt de ma vengeance. Enfin, j'allais lui dire, libéré de mes souterrains, la grande vindicte qui m'avait toujours dressé contre elle. Un troisième fils mort? Ah! la sorcière devrait payer pour tous ses meurtres, ceux d'hier et d'aujourd'hui.

Lentement, je roulai l'enfant jusqu'au bout des bras puis le lui tendis. Mon cri, un cri rauque, me tomba dru de la gorge:

« Sorcière-cannibale! Monstre diabolique! Voilà ton œuvre. »

Je jetai le cadavre sur elle. Un hurlement étouffé et elle s'affala dans l'herbe, à dos plat, vaincue sans effort. De ses mains, elle tenta péniblement de se débarrasser du cadavre. Peine vaine. Le corps ne bougea pas. Pas même d'un tout petit centimètre.

Le vent, pendant ce temps, défiait toujours le temps, balayait toujours l'espace. La poussière, les feuilles mortes, les sacs plastique, tout.

« Rends-moi mon enfant, fis-je aussitôt. Rends-lui la vie que tu lui as retirée.

– J'ai… j'ai mal, se plaignit-elle. J'ai très mal.

– Tu n'auras plus mal car je vais t'étrangler, moi, femme. Je vais te… te tuer. Regarde mes mains : elles vont te rompre les os du cou. Souviens-toi de mes deux premiers fils que tu as mangés. Souviens-toi de la promesse que je t'ai faite : te déchiqueter de mes propres mains à la première incartade. Tu m'en offres maintenant l'occasion, hein ! »

À genoux près d'elle, je la soulevai par les bretelles, soufflai dans son visage. Une grimace. Elle me fit une grimace hideuse.

« Ah, tu as peur ? Il t'arrive de trembler, toi aussi, d'avoir de la sueur aux fesses ? Ha, ha, ha ! Regardez, admirez la déconfiture de la diablesse. Regardez ! »

C'est en ce moment juste que l'envie de meurtre m'étreignit. De mes mains, j'encerclai son cou ridé, l'enserrai, le pressai. Les os ne cédèrent pas. Les yeux aux cernes noirs ne libérèrent aucune goutte de sang. Au contraire. Tout son visage semblait rayonner, étinceler comme si elle avait réussi à remonter en elle, à retrouver ses aises et ses éclairs intérieurs.

Alors, dans mon dos, montèrent trois cris. Trois cris rapprochés qui roulèrent au-dessus du terrain vague et s'ouvrirent sur les ailes noires d'un oiseau.

La chouette qu'on croyait assoupie, confondue aux mystères de l'invisible, réapparut. Bec et griffes menaçants. Yeux de feu incendiaires. Elle fonça droit sur nous, sur le cadavre, sur la sorcière.

La foule, prise de court, n'eut que le temps de crier et de se disperser. Elle se dispersa en bandes de chimpanzés en déroute. On courut, on se découvrit des ardeurs olympiques. Mais les plus téméraires retinrent leurs tibias sur place. Ils se retinrent et se réfugièrent dans leurs corps, au fond d'eux-mêmes, pour voir et comprendre. Mais il n'y avait rien à comprendre, il n'y avait qu'à voir, le temps d'un orage subit.

Car, en même temps qu'apparut la chouette, en même temps qu'elle chargea, le ciel se colora de gris, l'air devint aussitôt humide et le tonnerre, lourd et agressif, cracha un long rugissement sur la terre. L'oiseau contourna trois fois la sorcière, prit de l'altitude avant de se noyer dans le vent. La pluie suivit. Crue, drue, avec un rideau de brume qui ondula comme pour emprisonner l'espace. L'orage dura. Il dura le temps que les tensions se dissipent. Il dura le temps que l'espace, le terrain vague, redevienne calme.

Atterré, embrumé, que pouvais-je comprendre de ce qui m'arrivait ? Que saisir de ces mystères ? Se lever, marcher, tenter de déchiffrer l'alentour ? Dans l'herbe, mes mains s'ouvrirent et libérèrent un morceau d'étoffe. C'était un pan du pagne que portait la vieille femme. La vieille qui n'était plus là, qui semblait avoir disparu corps et odeur. Et par quel miracle ?

Je me mis à marcher. Sur vingt mètres, trente mètres, j'avançai péniblement. À un jet de pierre, les contours du terrain vague commencèrent à se préciser. Une sensation brusque me remua : le cadavre de mon bébé. À l'endroit où je crus l'avoir laissé, il n'y avait plus rien. Rien que des traces creuses, un semblant de fosse remplie d'eau, de boue, de désespoir.

« Non ! Non ! »

Et je me surpris à vocaliser mes rugissements intérieurs. Je me surpris à expulser de mes souterrains cette douleur lancinante qui me mettait en rade, bien en rade de la réalité.

« Non ! Non ! »

À genoux, fixé dans l'herbe près de la petite mare boueuse, je me sentis nu, comme rongé par les flatulences de la mer tout au long d'une traversée solitaire. Je ne savais si c'étaient les larmes ou les gouttes du ciel qui m'avaient abîmé les yeux et qui les avaient rendus si rouges, si écarquillés, si vitreux. Perdu. Je me sentais perdu.

*

La pluie avait baissé d'intensité. La brume devenue fine, une fuite lumineuse libérée par le soleil, s'était allongée sur une partie du terrain.

Instant de soulagement. Instant d'apaisement. Enfin, j'allais mesurer mes pertes, comprendre tous ces mystères. Je levai les yeux pour m'irriguer de la lame solaire, mais un mur d'ombres avait déjà rétréci mon regard. Des ombres de femmes et d'hommes. Une foule remuante. Ils marchaient vers moi, du même pas lent et décidé.

Ah! c'étaient eux, oui, ceux-là qui avaient partagé mon chagrin et mon désir d'en découdre avec la sorcière. C'étaient bien eux qui voulaient m'aider à crucifier la criminelle. Ils étaient donc revenus de leur peur, de leur fuite après le déluge. Ah, la raison, enfin! La raison retrouvée!

Un seul réflexe: leur sourire, leur demander s'ils avaient pu, eux, rattraper la tragique cannibale. Mais mes lèvres, comme subitement gelées, ne purent se détacher et ma voix parut s'étouffer. La foule, je ne sais pourquoi, déchargeait sur moi des expressions dardées.

Je les regardai, les interrogeai des yeux, leur lançai des soupirs étonnés. Je pressentis qu'ils m'en voulaient. Déployés autour de moi avec des armes brandies, position d'attaque, ils s'étaient mis à bouillir de haine.

« Sorcière! Sorcière! » crièrent-ils, soudain.

Je crus, un instant, que ces paroles étaient adressées à la vieille femme. Mais je ne la voyais nulle part. Ni ici ni dans les environs. Mes yeux, encore humides, se perdirent alors dans le vague et les bruits assourdissants de la foule.

« Tuez-la! Tuez-la! » scandait-on.

Ça vacarmait de partout, ça tonnait, explosait, fumait. Je m'inspectai, promenai des yeux sur mon corps comme pour vérifier ce qui me semblait une méprise. Mais… mais horreur! J'habitais bien l'apparence, le corps flasque et décrépit de la vieille femme. Sa tête, son buste, ses jambes. J'étais elle. Sorcière et cannibale. J'étais elle, elle: une « diablesse promise à la mort » par le peuple et par moi-même.

À genoux, les bras levés au ciel, le regard dispersé, je hurlai la méprise qui s'était opérée, je tentai d'expliquer que c'était une nouvelle fois l'œuvre de la sorcière. Mais les gens étaient déjà aveugles et sourds. Tout comme le ciel, les dieux voduns*, la terre entière.

Alors haches, couteaux et coupe-coupe feulèrent l'air. Des coups secs qui plongèrent dans ma chair, là, là, sous mes oreilles. À l'instant, je sentis mon sang gicler, crachoter à fureur, avec cette voix, ce cri qui sortait de partout, amplifié à l'infini: « Non! Non!»

« Qu'est-ce que tu as à hurler comme ça?
– Que… quoi?
– Pourquoi tu hurles ainsi?»

Abiba, ma femme, me dévisageait. Les yeux exorbités, traversés par mes cris et mes transes, elle me regardait me débattre dans une grande coulée qui ruisselait sur mon corps, du cou aux orteils. Une ruine en dedans. Mais aussi une grande pagaille au dehors.

« Mon Dieu… Mon Dieu! s'écria-t-elle. Dis quelque chose. Parle!»

Parler ? Mais dire quoi ? Le temps épongea une minute, puis deux, puis trois. Je restai ainsi sans voix, sans réflexe, sans conscience. Comme projeté hors monde et hors vie sans espoir de revenir dans l'instant. Puis mes lèvres, lentement, s'écartèrent. Pour murmurer :

« La… la sorcière. La sorcière…

– Quelle sorcière ?

– J'ai été transformé en sorcière et…

– Encore ? Écoute, je sais que notre dernier enfant est mort et que tu accuses la voisine d'en être la coupable. Mais tu n'en as pas la preuve.

– Si, si, elle a avoué.

– Ah, tiens donc ! Au tribunal ?

– Non, je vais t'expliquer, je dois tout te raconter depuis le début. »

Elle me regarda un moment et soupira :

« Que vas-tu inventer encore ?

– Cinq minutes pas plus, cinq petites minutes !

– Je t'écoute.

– C'était dans la cour de notre maison avec comme témoin, un soleil rieur élevé dans le firmament.

– Ah oui ?

– Et, dans mes bras, notre enfant ressemblait à de l'argile poreuse. Je n'avais pas besoin de lutter contre mes larmes. Pas besoin de les refouler loin, dans les profondeurs de mes limites intérieures. L'émotion, déjà brûlante, avait… »

Abiba me tapota légèrement les épaules et me sourit.

« Inutile de raconter des rêves aussi cons, chef, je devine ce qui t'est déjà arrivé. »

Dehors, au loin, un air nous parvenait, accentué par le calme de la nuit et le souffle du vent. Illusions ou réalités ? La chouette – ou ce qui m'apparaissait comme telle – exultait :

> « *Que vas-tu me donner*
> *Ami, vieil ami de mes nuits ?*
> *La lune, ce soir n'a pas lui*
> *Et mes congénères exigent de toi*
> *Ton sang, ton beau sang de roi.* »

LE RIRE DU NOMBRIL

*E*LLE ÉTAIT SORTIE des profondeurs de l'anonymat, rustre et rugueuse. Dans son dos rond, pas d'étiquette: ni nom, ni passé, ni domicile. Les épaules hautes, les seins plats, elle marchait, arpentait les souterrains de la ville, les rêves non dans les yeux mais à fleur de nombril qui distillait à la foule des badauds érotisme, joie et rire.

Un nombril? Un petit creux au milieu d'un ventre à la géographie suspecte – portant le flasque des maternités trop rapprochées et laborieuses – rond comme il se doit et comme on peut l'inventer, mais débordant de saugrenu et de trivialité.

Le nombril d'une femme n'a d'histoire que celle de son ventre: un point qui s'ajuste sur un territoire velouté et glissant, objet de fantasme et fantasme lui-même, intersection entre deux univers contrastés, le cœur et le sexe, l'un en haut, l'autre en bas.

Ici, dans cette partie du monde, on a sans cesse besoin d'allumages et de représentations, on a sans cesse besoin de brûlantes sensations comme si l'extraordinaire, à chaque fois, doit venir à la rescousse d'un quotidien crasseux et affadi pour désengluer la multitude de la misère et du vice.

Un nombril de femme. Est-ce l'extraordinaire susceptible de répandre la chaleur attendue ? Un ventre strié de vergetures, anonyme comme pour tant de mères, capable, mais capable de quoi ?

Et pourtant, ce ventre a été réinventé, reconsidéré, recréé. Il avait suffi d'un peu de malice et d'intelligence pour le provoquer et provoquer l'allumage escompté : d'un bout à l'autre de la ville, dans les bas-fonds et sur les avenues, les nouvelles du nombril huilaient les langues, enflammaient les gorges, déverrouillaient tout. « Phénomène », disait-on. « Prodige », appelaient d'autres. Mais elle, elle parlait tout simplement du « rire du nombril ».

I

LA PREUVE

Quand, ce matin là, le soleil se parut à lui-même fier et suffisant, la femme descendit aussitôt vers le centre-ville, son nombril et son ventre sous le pagne, dispos et bien régénérés.

Il ne lui répugnait pas de travailler dans les quartiers dégoûtant d'odeurs et de chiques – Hindé, Vossa et autres nids à soucis. Elle savait bien qu'elle trouverait foule devant son ventre à chaque fois qu'elle découvrirait le nombril. Mais le pauvre de Hindé a beau se lécher, se rincer les pupilles, il a beau baver de plaisir et de contentement devant une rondeur de femme, qu'a-t-il à offrir de mieux que son cœur ? Or le cœur, s'il est beau, débordant d'empressement et de générosité, ne peut remplir ni les poches ni la panse, surtout en ces temps de sécheresse monétaire.

Donc, il était logique et probablement raisonnable que le ventre eût choisi d'arpenter d'abord le quartier des affaires, le centre-ville, tous les périmètres où le commun de la rue – ou des gratte-ciel – a besoin, contre piécette, d'une rafale de gaieté dans l'âme avant de songer à mourir.

Comme d'habitude, la femme s'était habillée à l'orientale : camisole rouge écrevisse tombant juste à la naissance du ventre, jupe vlèyè* qui dégage ses hanches (sinueuses au moindre frémissement des muscles ventraux), puis des chaussons chinois de la même teinte que le rose fumé de ses lèvres. Des lèvres fortes, habillées de mystères, insatiables de délicatesse, repues de trop de promesses faciles et farfelues, tellement vives et habiles qu'elles contractaient, résumaient toute son intelligence.

« Venez, messieurs dames, venez jouir du rire du ventre. Venez voir comment le nombril se joue de l'idiotie, du vide et de l'ennui. »

C'était son aide qui faisait publicité du spectacle à venir. Son aide, un enfant au front anonyme, un de ces gavroches au ventre cave et à l'intelligence alerte, qui paraissent, au bas mot, deux fois plus jeunes que leurs printemps réels.

« Venez voir, messieurs dames : le nombril va rire du rire qu'on lui connaît et que le monde aime entendre et regarder. »

La petite foule des affairistes et des badauds du quartier des affaires s'était déjà attroupée. Ils étaient là, réunis en cercle autour du couple. C'était sûr et encore plus certain que tous ces hommes et femmes, tous ces enfants et vieillards, avaient déjà vu ou entendu parler de ce nombril. Mais un tel spectacle, quand on l'a vu une fois, mérite grand bis et, quand on ne l'a jamais vu, aiguise la plus insatiable des curiosités.

Le soleil ne ménageait pas la terre en ce milieu de saison sèche. Il souillait déjà l'alentour par son éclat poisseux, payant à la bise son tribut de chape thermique.

La femme regarda l'assistance de ses yeux immenses. Elle fit le tour des visages pour s'assurer de leur complicité. Pas de fourbe en vue. Les cœurs ici ne couvent aucun traquenard.

Son ventre, lui, n'était point découvert. Un pagne ayant la largeur de deux pouces le couvrait encore. La femme s'étira, s'allongea, descendit les bras le long du corps, puis lentement, se dévoila.

Il n'y avait pas de musique. Elle était elle-même musique. Et tout son corps vibrait, remuait, twistait. La grâce des mouvements, l'accélération des pas accroissaient le volume de sa silhouette. Un moment, elle s'arrêta. C'est alors que le ventre se mit en évidence.

Tandis qu'elle s'efforçait d'endormir les autres muscles de son corps, l'abdomen connut sa transe. Le mouvement était en tous sens, circulatoire et horizontal, tantôt zigzaguant et chaloupant. Et le tout frémissait, tressaillait, tanguait, soutenu par un rythme hâblé qu'on devinait proche de celui d'un cœur épouvanté.

Il était normal que devant tel prodige, la foule des badauds manifestât grandes ovations. On riait, on s'émerveillait, on ouvrait la bouche d'étonnement et de désir. Les uns acclamaient tandis que les autres s'évertuaient à étouffer la raideur inopportune de leur caleçon, car ce numéro-ci était une invite à l'éveil de l'érotisme.

Quand elle eut fini, le petit aide tendit la sébile à la foule des spectateurs.

« N'affamez pas le nombril, messieurs dames. Chasser l'ennui, servir le rire, éveiller l'érotisme, ça mérite récompense et générosité. Récompensez le nombril. »

La journée avait bien commencé. Trois mille francs pour cette première prestation ! À Ganhi, le quartier des affaires, réussir un tel coup établissait une certitude : on est soi-même affairiste.

PORTRAIT RUMEUR

Sans appareiller le corps de mille et un artifices, la femme n'avait rien d'attirant. Rien qui pût offrir apéritif aux hommes de cette terre si exigeants sur la silhouette du sexe noble. Pas cette croupe callipygique si typique de la Vénus noire; pas cette peau d'ébène, sans ride ni tache, infinie sous le velouté du doigt; pas cette poitrine à la fermeté de roc, insolemment pneumatique. Non. Elle était compacte – d'une seule pièce –, une jeunesse prématurément dégringolée, la peau molle, les seins décevants.

On se souvint qu'elle était apparue un jour de vendredi, au sortir de la mosquée, soleil écarlate au firmament. Elle avait réussi, dans le mire de son ventre, à tenir la foule, en étalant la prouesse de son nombril. À l'époque – une saison sèche depuis –, elle n'avait pas encore acquis cette dextérité qui salive, égaie, déclenche le fou rire. Aucun fard ni maquillage ne camouflait ses disgrâces. Mais la malchance la guettait: elle fut lapidée et lynchée, accusée de complicité avec le Malin. Alors, elle se mit à l'ombre; dans l'anonymat cru. Sans doute s'y était-elle confondue pour y mûrir son art, fortifier son jeu de séduction, développer ses intuitions à anticiper sur le goût gluant et versatile des spectateurs mâles.

Les vergetures de son ventre évoquaient des maternités laborieuses, a-t-on dit. Quels enfants ce ventre a-t-il jamais abrités? Aucune progéniture née de ses entrailles n'a jamais été suspectée dans son ombre. On ne lui en connaissait guère. Fable? Mensonge? Et que dire de ceux qui, à son sujet, racontaient aussi qu'elle avait connu successivement cinq couches douloureuses et qu'à chaque fois ses cinq maris – successifs aussi – avaient dû étrangler les nourrissons parce qu'albinos, zépkété* ou tohossou*?

Le seul mioche qui traînait dans ses empreintes était ce garçon vif et rieur – tout de guingois –, à peine plus grand que les souliers du général de Gaulle. Elle l'avait engagé au cours d'un de ses spectacles, dans une piétonne de Gbogbanou, avec un contrat lui fixant le rôle d'aide et lui concédant dix pour cent sur la manne journalière.

Donc, elle était bel et bien sans étiquette. Ni nom, ni domicile, ni passé. Son avenir, elle s'efforçait de le tricoter avec ce nombril dont le rire s'étendait dans la ville comme une thérapie ludique et joyeuse. Et cela, personne ne l'avait jamais vu, personne, depuis que les hommes ont déserté la forêt et émigré sur la côte.

III

RIRES JAUNES

Avenue Monseigneur-Steigmetz. À quatorze heures, le soleil était aussi désagréable qu'une coépouse acariâtre et édentée. Mais la danseuse et son auxiliaire s'étaient entêtés à subir ses œillères. Ils s'étaient pointés là à attendre la sortie de la célébration du Golgotha, le chemin de croix qui mène Yésou Christo au calvaire.

Ah, le Vendredi saint! Jour de bénédiction, le temps du rachat du pécheur, le moment du partage solennel avec plus démuni que soi, un don de soi, un cœur gros qui ordonne à la main de s'ouvrir largement pour administrer la charité du Samaritain.

« C'est prêt, madame, la messe est sortie, fit l'enfant.

– Alors, qu'attends-tu? Sois poli et efficace, tendre mais pas pitoyable. Nous sommes ici pour aider et avoir récompense de nos services. Compris?

– Compris, madame. »

Une démarche de crabe est parfois plus efficace que des pas de banquier. En deux bonds, l'enfant se retrouva de l'autre côté de la chaussée, devant l'entrée de la Mission catholique. Il se glissa dans la foule des fidèles qui sortaient et, d'un grand souffle, jeta sa voix en pâture.

« Venez messieurs dames, dignes sujets de Dieu! Venez jouir du spectacle du ventre! L'âme a aussi besoin de s'égayer, d'oublier par moments les brûlures du quotidien. Nos services sont modiques mais ils vous assurent l'entretien de l'âme… Venez…! »

Faisait-on attention à lui ? Des comme lui ou plus mal fichus, il y en avait toujours à l'entrée de la Mission, à toute heure de la journée, la sébile insatiable ou la main toujours tendue. Mais ici, pour se distinguer de toutes ces hardes humaines, il fallait qu'on tînt attitude ou parole peu ordinaire. Et l'enfant avait non seulement un discours singulier mais aussi une taille à ras du sol.

« Nous réclamons pour votre âme la joyeuseté et pour vos yeux le plaisir du spectacle insolite. Un ventre qui vous fait régaler ? Répondez à l'appel de vos sens, sujets de Dieu, Honorables qui fréquentez ces lieux. »

L'enfant aperçut un homme sec et rude, perdu dans son agbada* amidonné – sa seule distinction. Il était accompagné d'une jeune fille claire comme les tomates chimiques de l'entre-saison et qui, malgré son maquillage agressif, sentait le biberon à plein nez.

Le petit crieur n'était pas doué pour reconnaître un ministre, encore moins la cinquième minette d'un ministre difficile à identifier. Il s'était avancé vers le couple et voulut, de nouveau, délivrer son message. Mais au moment d'ouvrir le bec, il sentit sur la tempe un grand écart de la main. Le temps d'ajuster sa vision, un mastodonte, boudiné dans une veste de deux ans son cadet, le nez chaussé de gros verres noirs, lui fit brusquement barrage.

« Ôte-toi d'ici, moucheron, grogna-t-il.

– Hein… ?

– Arrière, sale gosse. Tu ne vois pas que tu encombres le passage du ministre.

– Le ministre ? »

C'était pour la première fois qu'il voyait tout près, à un battement de son nez, un homme fait d'eau et de muscles, répondant au titre de ministre. Et pour s'en convaincre, il recula et chercha dans les environs les signes extérieurs qui établissent la renommée d'un ministre, un vrai. Une voiture ? Sur le parking, seule tranchait, comme un corbillard américain, une voiture noire qui avait la longueur d'un mois de deuil. Mais l'enfant n'eut pas le temps de vérifier ses intuitions. La main, de nouveau, le bouscula. Cette fois-ci, la latérite sèche du sol accueillit son petit corps tordu.

« Pourquoi brutalises-tu un gosse qui ne mendie que le regard de ton maître, garde-corps ? »

La danseuse venait d'apparaître au milieu de la foule.

« Tu viens de prier Dieu en lui remettant tes péchés et déjà tu es prêt à en commettre. Qui veux-tu servir avec tant de mauvaise foi ? »

Le ministre se retourna brusquement. De justesse, il retint la main du garde-corps qui voulait s'abattre sur la femme. Alentour, le silence se fit net.

« Ma bonne femme, lâcha le ministre. Dieu est bon. Mais l'homme est aussi bon à ses yeux s'il ne consomme pas le temps à batifoler. Il y a des travaux que toute une vie ne suffirait pas à réaliser, surtout nous, peuples refoulés dans le cul du monde. Mon temps m'est donc précieux. Ton enfant mendie mon regard, dis-tu ? Qu'a-t-il à m'offrir si ce n'est ce spectacle de misère dont mes yeux sont fatigués. Mais moi je n'ai pas fabriqué la misère. Alors… ?

– Tu ne peux rien voir si déjà tu es aveugle avant d'ouvrir les yeux sur ce qu'on te demande de regarder, répliqua la femme. Et cela prouve que tu es malade. Malade de l'âme. C'est pour cela que nous te serons utiles.

– Moi, malade ? Tu m'insultes, femme. »

Elle ôta son pardessus, le grand boubou qui, d'ordinaire, la protège de la curiosité vulgaire. Elle découvrit son bel accoutrement oriental.

« Ce que je t'offre, ministre, tes yeux ne l'ont jamais vu. »

Il n'en fallait pas davantage pour que, dans la foule, on devina qui elle était. L'enfant s'était relevé. Il se sentit maintenant à son aise qui se remit à crier :

« Attendez pour voir ce que vous n'avez jamais vu. Ministre, hauts fonctionnaires, fidèles amis de l'Église, donnez à vos yeux le régal qu'ils méritent et à votre âme le coup d'air qu'elle attend. »

La femme assouplit les muscles du nombril, enleva le pagne qui le couvrait et se mit à chalouper.

Des cous se tendirent, des yeux s'écarquillèrent. Et l'on se mit à acclamer.

Sur le moment, le ministre n'avoua pas son étonnement. Il garda son masque revêche, afficha un air tellement altier et dédaigneux qu'il récolta des rides profondes dans le visage.

Les derniers applaudissements s'éteignirent. L'enfant présenta la sébile à la foule et les pièces se mirent à tinter l'une contre l'autre. Mais le ministre ne permit pas au garçon de venir jusqu'à lui. Il cracha :

« Tu donnes à voir ton ventre décrépit et tu demandes aux braves gens de te donner des pièces en contrepartie. C'est de l'escroquerie par voie raccourcie.

— Je savais que tu ne guérirais pas au premier essai, fit la femme. Si tu veux du rabe, je t'en offrirai. Ici ou dans un endroit de ta convenance.

— L'escroquerie ne mérite qu'une correction en bonne règle et un emprisonnement conséquent.

— Tu es vraiment malade. Mais un effort, un tout petit effort et tu retrouveras le sourire. »

Le ministre n'attendit pas que la conversation s'abâtardît plus longtemps. Il tourna le pas et ordonna à son chauffeur de le sauver des lieux, car cette histoire du nombril est insensée, quels temps !

IV
LA NIQUE

Le gaillard en marbre qui surplombait la tour de l'Étoile Rouge et qui, depuis trois décennies, fixait l'avenir du pays de son regard brumeux, en a essuyé de belles : jugé démagogue, accusé de paresse notoire, il fut compté, numéroté et classifié héros intangible de la révolution et de ses pompes. On ne lui ficha pas la paix. Un matin, le peuple se déchaîna, pissa à grands jets sur la révolution et le lapida. Son œil gauche s'humecta, il pleura sa honte et le malheur de ses ambitions. Alors, il s'enferma dans une froide indifférence, regardant les citoyens aller et venir, naître, se dessécher, se vider et mourir. Même ceux qui viennent, à ses pieds, se récréer les soirs des jours fades, ne rencontrent que son regard éteint. Jacob – c'est ainsi qu'il s'appelle – n'a plus d'âme.

C'est pourtant sous l'œil de Jacob que la danseuse et son auxiliaire avaient décidé de finir la journée. À ce carrefour, la chute du jour s'accompagne toujours du mouvement ourleux et ininterrompu des travailleurs rentrant au bercail. Malgré la toile de gaze qui floconnait l'air, les gens étaient moins pressés que la diarrhée, donc plus disposés à perdre un œil sur un spectacle futile ou à retenir leurs tibias devant quelque bizarrerie.

La voix fluette du garçon tentait de déchirer les bruits assourdissants de la rue et d'attirer la foule des passants. Jour d'exception que ce jourd'hui pour les deux amuseurs !

Depuis les premiers bâillements du soleil, ils avaient réussi à attirer les yeux d'un millier de gens, compté piécettes sur piécettes. Le succès était épique. Car la salive de rire que la dizaine de spectacles avait déclenchée pouvait remplir, au franc mot, deux gamelles togolo*.

La femme était restée affriolante dans sa camisole d'apparat. Avec le même cou droit, le même buste faussement suggestif, les mollets ordonnés comme des piquets de bois.

Sans désemparer, son ventre se mit en branle. Elle enchaîna trois numéros de son nombril. Trois numéros qui déverrouillèrent les gorges, firent se cambrer de rire tous ceux qui doutaient de son efficacité. Déjà, on en réclamait plus.

« Bis ! Nous voulons du bis !

– Surtout le numéro érotique !

– Un érotique, un bel érotique !

– Fais-nous étinceler, femme !

– Ouais, femme. Fais-nous étinceler ! »

Malgré la fatigue et le confort de son chiffre d'affaires, la femme remit ça. Les roulis de son ventre avaient gardé la même force et le même sens d'affriolement. De nouveau, elle combla les badauds et les badaudes de contentement, remuscla leur désir. Mais au creux du dernier bis, la terre trembla.

La terre trembla car des gendarmes, surgis de l'ombre, débarquèrent sur les lieux et se ruèrent sur la femme et l'enfant. La foule se dispersa, courut partout où il était possible de gambader. Mais on embarqua à coups de brodequins et de ceinturons ceux des moins rapides ou des plus étourdis. La danseuse et son aide furent capturés et jetés à l'arrière d'une jeep. Entre quatre bérets verts, quatre visages rugueux. Que pouvaient-ils y comprendre, eux ? La promptitude au poing de leurs gardes ne pouvait que les en dissuader.

V

MÊME LES JUGES Y PASSENT

Le chef d'inculpation ne fut pas prononcé. On attendit d'abord que le bon sens fit la part du torchon et de la serviette, c'est-à-dire qu'il soit d'abord établi que le délit du nombril n'est nullement comptable pour fait d'association de malfaiteurs.

Mais dans quel pays et sous quels cieux de démocratie le nombril est-il sujet à des sanctions ? On a beau chercher dans tous les codes de la République, on a beau fouiller sous les manches des robes des magistrats, aucun indice ne renseignait sur la législation du nombril.

Les deux prévenus, la femme et son aide, furent conduits devant le juge pour entendre le chef d'inculpation. Mais le magistrat s'avisa de sonder la raison des prisonniers, d'autant que cette histoire de nombril hilare lui semblait cacher quelque démence déguisée qui, s'il n'y prend garde, risquerait de mettre à mal sa robuste compétence.

« Ainsi donc vous, vous avez un nombril qui se prend pour le nombril du monde.

– C'est vous qui le dites, monsieur le Juge. Mon nombril se contente d'apporter des coups de fraîcheur dans l'âme de nos concitoyens, surtout les malheureux.

– Parlons vite et franc, femme. Ouvrir boutique-son-nombril sur la voie publique et y vendre les mouvements de son ventre, c'est de l'informel vicieux et un encouragement au viol. Donc de la subversion. Le saviez-vous ?

– Je fais œuvre d'utilité publique, moi. Le peuple n'est-il pas content ? Et pourquoi s'en plaindre s'il me le rend si bien ? »

Le juge, derrière son énorme bureau, ressemblait à une grenouillette au milieu d'une colonie de nénuphars. Il tendit le cou vers la femme, s'assura que les murs n'avaient pas d'oreilles et murmura sur le ton d'une confidence grave :

« Je suis presque d'accord avec toi. Mais on m'a rapporté les signes de l'insomnie du Président de la République à propos de ton ventre. Ton nombril se tisse son petit bonhomme de popularité et la rumeur indique que l'image que tu répands ainsi est bien vendable en politique. Le rire de ton nombril serait-il un tremplin pour te positionner pour l'élection présidentielle ? »

Les yeux de la femme s'agrandirent d'un kilo d'étonnement. Son imagination, certes, se parait souvent de folie délirante. Mais jamais, au grand jamais, elle n'aurait risqué l'énormité d'une telle hypothèse. Elle, présidentiable ? Elle, aux élections ? Ah, la rumeur insensée !

Elle éclata. Elle rit un rire géant qui la fit se contorsionner dans tous les sens de sa petite personne.

« Là, vous m'avez vendu du rire inattendu, fit-elle. Vous êtes un saint. Mais je ne suis pas ingrate. Je vais vous rembourser par le même rire, car nous n'avons que ce moyen pour vous rendre la politesse.

– Attention, vous êtes dans le bureau d'un juge !

– Juge, dites-vous ? Alors jugez en direct du rire de mon nombril et voyez s'il est digne du fauteuil présidentiel. »

Le magistrat n'eut pas le temps de protester. La femme, déjà, s'était levée. Elle découvrit son ventre, offrit deux numéros de son répertoire. Le premier thème, érotique, inspira des chatouillements au bas-ventre du juge. Mais le second déclencha chez lui le rire le plus franc et le plus gai qu'il eût jamais ri. La danseuse y avait mis tout son savoir-faire et surtout la séduction de deux jours de prestations en retard.

Le juge ne sut comment se tenir les côtes. Il rit, roula par terre, entre la poussière et la paperasse, demanda que tous les magistrats viennent rigoler un bon coup avec lui car ce rire est fantastique, mes aïeux ! Quand, au bout de son hilarité, il se saisit de sa plume pour ordonner la relaxe des prévenus, il se raidit sur le siège de son bureau. Les secours furent inutiles. Car c'était un arrêt cardiaque. L'homme trépassa sans cailloux. Mort pour avoir trop ri !

*

Cela fait maintenant sept jours que le peuple de la rue a perdu la précieuse habitude de rire. Il se voyait dans les yeux, dans les gestes, sur le fronton des maisons et des boutiques, qu'un vide s'était creusé et que l'espoir de le combler, de jour en jour, s'amenuisait. Des groupes se formèrent pour exiger la libération de la femme et de l'enfant. Le gouvernement répondit qu'il avait d'autres casseroles à curer et, pour atténuer le mécontentement populaire, fit venir des amuseurs chinois. Mais le rire chinois, malgré sa richesse, fut aussi incongru et déplacé qu'une cuisine barbare. Les cousins Tchang durent, au premier rire, rembarquer, aidés qu'ils furent par les jets de pierres et de mangues pourries. Les trottoirs bruissaient :

« Quel peuple sommes-nous si nous ne sommes pas capables de rire notre propre rire ?

– Privez le peuple du boire et de l'akassa, privez-le du sommeil et de liberté mais ne lui ôtez jamais l'envie de rire et l'objet de son rire. Jamais !

– Celui qui n'a pas le courage de son rire est un zombie, une caricature d'homme. »

La femme et l'enfant étaient toujours à l'enclos, à l'intérieur des murs gris et lépreux de la prison civile. On n'osa plus les présenter à un juge car tous les juges qui furent pris au jeu du fameux nombril moururent de rire, la crampe aux viscères, ou démissionnèrent, le rire aux lèvres. Il était impensable que, pour raison de rire, on emprisonnât une femme et un mioche soupçonnés de « trouble à l'ordre national ».

« Celui qui emprisonne le rire mourra de tristesse et de morbidité », avertissait la rue.

VI
L'ULTIME RIRE

Une nuit pourtant, la femme fut traversée par une sensation étrange et effrayante ; sensation qui, dans son corps, lui fait d'habitude flairer l'imminence d'un danger. Elle attendait, dans le creux de la nuit, que quelqu'un vînt la chercher. Son intuition s'avéra. Des gendarmes envahirent le béton de cube, l'en arrachèrent et s'évanouirent dans l'épaisseur des ombres.

Son aide, l'enfant-crieur, pleura toutes les eaux de sa chair. Il était convaincu qu'il ne reverrait plus sa maîtresse, ni son ventre ni son nombril. Il tint pour certain qu'il n'allait plus jamais jouir de la chaleur revigorante de ses mains, ni plus jamais s'abriter sous son souffle chaud et maternel.

La femme avait été conduite dans le ventre somptueux d'un palais (le seul qui existait dans la ville et dans le pays), puis introduite dans une pièce éblouissante. L'homme qu'elle vit devant elle était bien celui dont le sourire, le front bas, le cou taurin et le menton fendu s'étalaient dans les lieux publics, sur les murs des institutions de l'État. Il était l'unique à occuper une fonction de ce genre, faisant croiser sur lui, de jour comme de nuit, sourires, obséquiosités et honneurs.

Devant la femme, la langue de l'homme se fit d'abord mielleuse. Il dit :

« Ainsi te voilà, citoyenne de mon nombril. T'a-t-on signalé que j'ai un faible pour ton ventre ?

– Je ne vous connais pas, citoyen, répondit-elle.

– Qu'importe. J'ai besoin, moi, de connaître le secret que cache ton nombril. Je veux savoir pourquoi il donne à rire tant aux hommes et aux femmes de ce pays.

– Il n'y a plus de rire dans mon ventre.

– Tu as l'art de résister, citoyenne, et cela donne un sens plus épicé à mon règne. Mes opposants ont perdu jusqu'à leurs caleçons. Ils ne m'opposent que leur vide. Et cette vacuité me donne envie de me sacrer empereur. Mais toi, avec ton nombril, juste ce petit creux, tu as décidé de me tenir tête. Assurément, les femmes n'ont plus seulement leur avenir dans les casseroles.

– Je suis une âme faible, citoyen-président. Je ne vois pas pourquoi je vous résisterai.

– La modestie ne sert pas quand on est dans de telles dispositions, ma bonne. Si les services de ton nombril sont aussi délicieux que tes paroles… »

La femme soupira bruyamment. Elle ne savait où reposer ses pieds fatigués d'avoir traversé tant de lieux glacés, avalé tant de silences et d'insolites effrayants. Elle se fit molle, se remit sur ses jambes puis, lentement, s'assit à même la moquette.

« Mon nombril est mort, répondit-elle. Il ne reste que moi.

– Qu'importe. Je me contenterai des restes.

– Les restes ne sont pas dignes de vous.

– C'est me faire peu d'honneur en me rendant seulement digne de grandes choses, ma bonne. Moi aussi, je peux me repaître des restes des autres.

– Je vous préviens, citoyen-président : ne m'accusez pas d'apprenti sorcier si le contrôle de vos sens, après ce repas, vous échappe.

– Allons, allons, finissons-en et qu'on passe à d'autres affaires plus sérieuses.

– Alors, vous l'aurez voulu. »

Elle se dénuda, roula des épaules et des hanches et se planta devant l'homme. Le ventre, peu honoré ces jours derniers, était devenu plat, laissant deviner un semblant de relief au creux duquel paraissait le nombril. Bien vite, il se mit en transe, le nombril. Lentement d'abord, vivement ensuite, dans un mouvement de progression chaloupée, vigoureuse.

Le citoyen-président se crispa de toute la raideur de son corps. Il rit, la gencive aux quatre vents, mais le rire s'éteignit au bout de deux crispations d'estomac. Alors, la femme ne s'arrêta point. Elle offrit le numéro érotique comme jamais elle ne le fit : avec force roulis du ventre, balancements effrénés et entortillements de la croupe, découvrant même les pointillés bruns du mont de Vénus. Des effluves aphrodisiaques s'échappèrent brutalement de son corps. Luxure ? Impudicité ?

L'homme se gondola plusieurs fois, puis, n'y tenant plus, s'approcha de la femme. Le fait que ce ventre fût strié de vergetures, que ce bassin fût étroit, que ces seins fussent cotonneux ne le repoussa guère. Il était devenu un homme ordinaire avec des instincts d'homme. Il s'écrasa alors sur elle.

À ce moment précis, le corps de la danseuse se rétrécit. L'homme le sentit se refroidir, traversé de spasmes (comme si elle répondait à un acte d'amour), puis elle s'amollit, diminua de forme et de volume. Trois hoquets violents. Son souffle s'éloigna, se dispersa et s'éteignit. Le citoyen-président constata qu'il avait sous lui, entre les jambes, non un corps de femme doux et soumis, mais les os agressifs d'un squelette, tout blanc, aux côtes mouvantes et avec des dents qui claquaient : « tchak-tchak-tchak » !

L'homme courut, appela à l'aide, ordonna à ses gardes de tirer sans sommation sur cette diablerie. Mais personne ne put approcher le squelette, aucun garde ne put le mettre en joue. Au pays du vodun, il y a des hardiesses qu'on ne se permet pas, même lorsqu'on est fortuné en gris-gris.

*

Au même moment, dans une des cellules de la prison civile, l'enfant-crieur sentit la fraîcheur inhabituelle d'un vent. Une bise au souffle légèrement âcre avec cette odeur unique, déjà familière à ses petites narines. C'était sans surprise pour lui car il savait. Il savait reconnaître en ces signes la présence invisible de sa maîtresse.

Alors, il se leva, ordonna ses guenilles et suivit le souffle de la femme. **Toutes** les portes s'ouvrirent devant lui, depuis la cellule jusqu'à la sortie du pénitencier. Une fois dans la rue, le souffle se noya dans le grand tumulte de l'univers.

L'enfant regarda autour de lui. Le ciel demeurait imperturbablement noir de ténèbres. Les trottoirs au pavé défoncé étaient jonchés de sans-domicile, enfants et adultes, lourdement écrasés par un sommeil affameur. Même les chats, habituellement noctambules, dormaient à flanc de trottoir. La rue était restée telle qu'il l'avait quittée: ingrate.

Alors il voulut crier, appeler à l'aide sa protectrice. Mais il ne connaissait pas son nom. En a-t-elle jamais eu d'ailleurs ? Une femme sans passé, ni domicile ? Elle n'avait existé que sous forme de rêve. Le rêve d'un peuple qui a cru endormir son mal-vivre dans les éclats de rire. Et dans le ventre d'une femme.

L'enfant s'enfonça dans le sombre de la nuit. Il venait de perdre à nouveau autorité sur son destin. Livré aux souffles de la rue.

DÉLALIE

MARTIN KOFfi AZON portait ses trente-cinq ans comme un épis de maïs supporte la saison avant la récolte.

Ni noir ni clair de peau, ni petit ni grand, ni maigre ni gros, il arborait, dans son allure, le masque d'un homme rude et éprouvé, dans les plis de ses gestes, les tics d'une angoisse obstinée, accrochée à ses viscères comme un sparadrap.

Ses traits, réguliers, semblaient figés, tissés, cousus dans un visage plat et anguleux. Visage où se recueillaient les expressions tour à tour offertes et retenues d'un sentiment d'abandon et de solitude intérieure.

Que parfois il laisse exploser, comme un cours d'eau en crue, ses impulsions d'enfant grognon, cela, sans doute, participait d'une nature feu follet. Il faisait partie, en effet, de ces êtres à mi-chemin entre l'âge adulte et l'enfance turbulente, et qui ont gardé en eux, à force de les avoir cultivées à l'extrême, de mauvaises habitudes acquises en bas âge.

Enfant et adulte à la fois donc. Mais père et époux. Sans cela, il aurait peut-être tout donné d'un homme moins sombre, plus spontané à la joie; si, tout au moins, les soucis conjugaux n'étaient devenus ses horribles hémorroïdes ou si la santé de ses deux mouflets n'était à la charge d'une drépanocytose chronique.

L'homme était bien pris, un corps de sportif. Il était monté, relevé en lignes musculaires. Cette silhouette qu'il dit appartenir à la « race sélectionnée ». Elle lui donnait un charme affirmé et provocateur, sans doute l'unique, le seul qui l'habillait véritablement d'une personnalité crédible et mûre.

Renforçait aussi cette impression la fine barrette d'or qui, lorsqu'il se mettait en uniforme, ornait ses épaulettes : le grade de lieutenant qu'il vantait. Ainsi que tous les galonnés de la République, il aimait donner des ordres où qu'il soit, quoi qu'il fasse, de quelque façon qu'on le prenne, à l'exception de son foyer où sa turbulence se muait en sérénité d'agneau. Une docilité de chien : « Couché, chien, couché ! »

À cela, rien d'étonnant : sa femme Délalie. Elle lui en imposait et lui en faisait croquer de pas vertes et des mûres qu'il pestait. Délalie… ?

L'épouse adulée où il avait mal. Un culte sans limite à cette p… repentie, Éros dans la chambre en noir, mais une teigne dans son quotidien. Pour elle, pour ses caprices, il s'était rongé et ruiné, des dettes contractées à la banque, chez des amis, des parents, le monde. Un insolvable. Cousu jusqu'à la dernière ficelle, enchevêtré jusqu'au dernier poil. Mais ses créanciers, réalistes avant l'heure, ne prenaient jamais le risque de lui demander des comptes. Son uniforme, couleur de frisson et de l'arbitraire dans le pays, dissuadait les plus hardis.

Délalie, « une pétasse » qui l'insultait dans l'ombre. Une pétasse qui le dévorait, l'avalait au goulot. Elle consommait tout ce qui pouvait costumer sa beauté d'un charme supplémentaire, princesse étincelante du matin au soir. Et quand son mari, entre deux arriérés de salaire, en venait à manquer du peu, elle reprenait tout naturellement son gant de « généreuse Délalie », offerte aux bourses pleines tel un rêve éveillé, chaude et gluante dans l'intimité des chambres. À force, Azon éteignit sa nausée dans la gorge, se consolant qu'ils étaient, lui et elle, l'objet d'un mauvais sort. « Les envieux, les jaloux. Ah, le monde est méchant ! »

Et comment arrêter cette purée, Jésus-Marie-Joseph ? Comment leur assécher le bas-ventre à tous ces malpropres ?

Le jeune officier commença à écumer les cases obscures des charlatans. Il se fondit dans les ombres enfumées et épicées des gris-griseurs. Tout y passa : couches de menstrues transformées en poudre à avaler, poils de pubis réduits en pentacles, prières et invocations psalmodiques, transes, sacrifices et… Coïncidences ? Illusions ? Effets induits du passage dans ces laboratoires souterrains ?

La pauvre chérie, en tout cas, se reconvertit peu de temps après. Elle se reconvertit en épouse et en mère adorable. Une assaisonnée de partout, souple et amidonnée, conciliante à toute proposition, humide à chaque invite. Azon se transformait, à son tour, en voisin de Dieu: agréable à la terre entière, délicieux à ses deux mouflets, exquis à sa mante. Et je te parfume et je te sucre et je te broute, insolente ! Hélas, entre deux saisons de miel, éclatait au camp le même bruit, la même sale rumeur.

« Délalie a encore nomadisé l'odeur de ses cuisses. Elle a encore fait la chose-là avec le général Kouyo… »

Et Azon, toujours indissoluble, se retrouvait avec des grumeaux dans la voix, vœux et prières en sus:

« Il faut qu'elle m'appartienne sexe et biens, exclusive et intégrale. Dussé-je tuer tous les sacrifices, confectionner des kilos de gris-gris. J'en grille pour elle connement, merde !»

*

En sortant de la chambre du énième charlatan, Azon se sentit soudain nu, déshabillé pour la énième fois de son secret. Qu'il se soit ouvert à ce vieil homme, spontanément et d'un seul trait, lui apparut énorme. Un acte de trahison contre lui-même peut-être… Dans le climat de suspicion qui prévalait, où les renifleurs du Président de la République ont la manie de découvrir partout des complots, ses confidences sur les galonnés qui chauffaient le matelas à sa femme lui parurent imprudentes.

Le vieux charlatan, qui en savait des quintaux sur des « pétasseries de femmes au foyer », l'avait rassuré d'une chose: avec les deux gros tilas qu'il venait de lui confectionner, il était désormais certain de l'infaillibilité de sa science.

Oui, il l'avait verrouillée, la mante adorée. Il l'avait verrouillée à tous ces emmerdeurs de galonnés à la braguette craquante qui te l'ont déjà usée à la giclée. Bah, il lui en restait du supplémentaire, la Délalie. « Une seule de ses épaules nues vaut encore bien des pagailles » qu'il se consolait toujours.

Azon enfourcha sa motocyclette Honda 90, et se glissa, les gestes lourds de lassitude, dans la rue cabossée d'Agla, quartier de mouches et de moustiques. À la faveur de la clarté coulant sur terre, il évita des flaques d'eau pleines de reliefs de nourriture et de cochons gris. Des odeurs échappées des latrines mal entretenues lui encombrèrent les narines. Un bol de merde. Il cracha de dégoût et tourna pleins gaz le poignet droit de son guidon. Parti.

*

L'air avait déjà fraîchi et la nature était moins éclairée que tout à l'heure. À sa montre, les aiguilles marquaient une heure. Il éteignit sa motocyclette. Il venait d'arriver chez lui. Manger. Dormir. Et s'oublier dans le ventre de sa mante, que diable.

La maison, un cloaque où grouillaient des locataires ; un cloaque où les yeux et les bouches des gens n'étaient jamais à leur place. À propos de l'infidélité de Délalie, il en avait entendu et vu. De toutes les couleurs. Il a fallu les injurier, les menacer avec sa kalachnikov pour qu'ils s'habituent à la fermer et à ne plus s'intéresser à ses affaires.

Le tonnerre, au loin, gronda. Sous peu, le ciel allait déverser son torrent d'eau sur terre. Azon traîna devant lui sa Honda 90. La couche de sable qui paressait à la devanture de la maison lui parut contenir les mêmes élans d'hostilité que lui vouaient ses voisins locataires. Fatigué. Dans la tête et dans les muscles. Il avait de la peine à pousser sa motocyclette. Il eut l'impression que le poids du véhicule s'était brusquement concentré dans les guidons. Il pesta.

De l'autre côté de la ruelle en latérite, un peu en retrait, attendait une voiture rutilante, feux arrière allumés, moteur vrombissant. Au volant, il distingua une tête d'homme costaud, grillant au bec une cigarette.

« Un de ces minables qui emmerdent votre existence », jura-t-il à haute voix.

Bien sûr, en le disant, il pensait à sa femme. Une idée bien culottée lui traversa l'esprit.

« Et si… »

Aussitôt, des coups de klaxon retentirent. Des appels sans doute. Ou un signe d'impatience de l'automobiliste.

« Qu'est-ce que tu faisais depuis longtemps, toi, pour rentrer si tard à la maison ? »

Azon reconnut la voix de sa femme. Il leva la tête. Devant lui, merveilleusement parée, Délalie. Elle était moulée dans une robe en paillettes scintillantes consacrée pour les grandes soirées. Cette bouche décorée de rouge, ce cou perlé, cette taille qui invitait qu'on y accroche la main, cette poitrine qui lui paraissait solliciter une étreinte divine. Non, il ne reconnaissait pas sa Délalie.

Elle sentait bon. Un parfum de belle marque qu'il lui avait acheté à crédit, il y a six mois. Il en saliva. Goulûment. Un peu saoul, la tête lui tourna. Ce fut comme si elle sortait d'un songe et qu'il la découvrait pour la première fois.

« Je suis fou, fou de toi, lâcha-t-il, surexcité.

– Plus tard, plus tard, plus tard !

– Où vas-tu ?

– Tu vois bien que je sors, idiot ! Est-ce bien utile de poser cette question ? »

Azon abandonna brusquement sa motocyclette et la suivit.

« Je suis ton mari, je dois savoir !

– Tu ferais mieux d'aller manger et te coucher. Les enfants ont fini de prendre leur repas, prends soin de leur faire réviser leurs leçons. Bonne nuit !

– Mais… »

Elle avait déjà traversé la ruelle. Quelques secondes et elle gagna la voiture stationnée un peu en retrait. Un bruit de portière claqua sec. Furieux, Azon bondit vers eux.

Trop tard. Le véhicule venait de démarrer. Direction ? Sans doute dans un lit, des soupirs, des fantasmes liquides… Après deux coupes de champagne servies quelque part, dans un hôtel de merde. Bien sûr.

« Dans un hôtel de merde », qu'il dit.

Azon s'effondra aussitôt sur la nappe sableuse. Des larmes, soudain, lui embrumèrent les yeux. La rage folle. Une rage de démence sanguinaire qui faillit l'étrangler, l'étouffer.

Brusquement, d'un seul trait, la pluie chargea la terre. Les gouttes serrées, drues, tambourinèrent le dos courbé d'Azon. Agenouillé, les yeux perdus dans la rue où venait de disparaître la 504, il pleurait son âme cocue. À chaud. Du même débit que ces grosses perles d'eau qui dégoulinaient sur son visage.

Délalie ? La femme où il avait mal. Mal.

JONQUET BLUES

I

QUAND, sur les ailes du jour, les hommes auraient émietté leurs souffles; quand, sur la trajectoire du soleil, ils auraient vidé leurs coffres, j'ouvrirai mes entrailles aux quatre entrées du monde. Ils viendront de tous les étages de la ville, de tous les ventres de la cité, de tous les excréments de la terre. Ils viendront, chacun son fantasme sous le bras, chacun son vieux rêve dans le crâne. Ils seront jeunes – à peine verts ou virant à maturité – ils seront dans le faste rayonnant de l'âge, ils auront le temps dans les yeux, l'irréversible lenteur des ans dans les gestes.

Ce ne sera pas après la chute du soleil. Ce ne sera pas juste après la sortie des ombres. Faudrait laisser au temps le soin d'éponger mes émotions, le soin de transformer les violences subies en douceur de vivre ou, à tout le moins, en pagne-couverture pour me protéger des agressions et des mutilations du jour. Faudrait du temps pour se rendre beau et aguichant, ami. Même vieux, mes charmes ne seront pas encore tombés en rebuts.

Ils viendront, te dis-je, se jeter dans mon gourbi. Ils savent quand montera ma fièvre, ils savent aussi quand elle redescendra. Ils savent surtout qu'entre ces deux extrêmes du mercure, les corps se transformeront en instrument privilégié de la vie et de la mort, que la quête de l'amour pourra se doubler de la quête de violence, que le manque non comblé risquera de se transformer en drame poignant, une déchéance de destin qui tire à conséquence. « C'est un pied de nez de la vie », diront les uns. « C'est l'homme qui a peur... », concluront les habitués.

Alors, aux abords de la chaussée centrale – seul filet de béton qu'on m'ait compté depuis cinquante ans – s'installeront d'abord les vendeurs. Il y aura les classiques tenancières des maquis à ciel ouvert, qui déclineront à la clientèle, en même temps que leurs mamelles, les cuisines épicées au piment, moyo huevi, abobo chaud ou poisson braisé. Il y aura les méguidas, seuls spécialistes, après Dieu, des rôtis en poulets bicyclettes ou cadavérés, des barbecues en moutons sains ou malades, moutons volés ou achetés à Zongo, le temple du bétail. Il y aura surtout ces femmes au boba amidonné, efficaces à servir du lèwayi* à la citronnelle, tellement exquis qu'on peut y engloutir, en une soirée, toutes ses misères mensuelles. À ce sujet, on racontera encore une fois que ces bienheureuses ont lié pacte avec le diable en confectionnant leur bouillie avec de l'eau de bain recueillie sur des cadavres, à la morgue.

II

Sur les mêmes abords échancrés des pavés, s'installeront ensuite les vendeurs de brics et de brocs. Ils iront de place en place, ces jeunes déguenillés, le bras chargé de sacs-bazar où pourront être négociés le gbangou-gbangou (le Viagra local), les lingeries en dentelle made in Honk Kong, les préservatifs recyclés, ou le mikpo-gokpo, produit miraculeux censé guérir des vénériennes aiguës. Oui, je l'ai oublié: on m'a déjà décrété, classifié « quartier de perdition, lieu de la pagaille du corps ».

La pagaille, on l'attribue souvent aux filles, les « toutou, les goby, les vendeuses de vie, les coffres à péché, les ouvreuses de fantasmes, les banques poilues ». Elles viendront, les gentillettes, exposer, sur les mêmes trottoirs étriqués, leurs étals-chair dans les lumières orangées de la rue, à mesure que la bière ou le kill-me-now* aura déridé et culbuté les sens, après que la terre aura libéré l'esprit des morts qu'elle dissimule dans son ventre. Elles s'installeront ici ou là, au gré de leur inspiration érotique; en réponse aux artifices de séduction trouvés dans la journée; à l'appel des urgences pécuniaires. Elles, les nuits étoilées de mon antre.

Elles, le concentré des jus offerts sans portions congrues. Elles, le sommaire de la défonce. Elles, mon nom Jonquet.

De la gare routière au restaurant chinois – on les verra. On les verra et on les tripotera en apéritif, on les marchandera au comptant, on les broutera sans retenue. L'habitué ira prendre ses aises chez sa préférée, le jeune jouvenceau ira jouer les singes grimpeurs dans les soutiens-gorge des doyennes de service, le grand-père, déjà titubant, se fera arnaquer sans consommation. Ici aussi, faudrait avoir l'œil clair, la ruse dans la poche, l'agressivité à fleur de poing. Car dans ce tourbillon de pieds et de bras, il est toujours difficile de trier le vrai du kpayo*, de reconnaître la copie de l'authentique. C'est que, sur mon territoire, les chattes ne sont pas seulement grises. Elles prennent parfois l'allure d'animaux étranges comme manœuvre de diversion ou stratégie de séduction. Et la presse toujours, goguenarde, veillera. Et écrira :

« Elles sont nombreuses, les filles. Les plus jeunes au décolleté prends-moi-tout-de-suite sont défraîchies avant l'heure. Les anciennes, coiffées de perruques, arborent deux teints sur leurs corps déjà épaissis par l'âge. Deux teints, c'est-à-dire le noir brouillé et le rouge bâtard, deux teints comme la peinture de guerre d'une squaw ou le portrait craché d'une fille de quartier rattrapée par les quolibets d'un chanteur "Fanta face, body Coca-Cola". »

III

Elles donc, mon nom. Les autres, mon surnom de « quartier chaud ». Les autres ? La nichée de boîtes de nuit, de buvettes, de bordels, d'auberges et autres comptoirs à transes – à mi-chemin entre la case-dortoir et la débiterie de boissons. C'est là que commenceront les émotions, que s'élèvera le premier étage de l'ambiance, le degré un de la chaleur, au-dessus de la température des corps.

Première escale, *Soweto bar*, couleur blanc et or d'une marque de cigarettes. Le style, c'est les décibels, quatre haut-parleurs crachant du funk, fort et chaloupé, du rap soft ou endiablé. Avec leurs voix éraillées, lyriques ou sensuelles, les chanteurs noirs américains vous entraîneront dans leur « black-connection » pour vous instruire de leur dernier romantisme à l'eau de café ou de la énième roublardise des Blancs.

Bientôt, des passants, traîne-pantalons et autres joueuses du ventre, viendront s'entortiller sur ces airs avec la même transe, les mêmes manières de se gondoler des men du Bronx ou de Harlem. *Soweto bar* montera alors de deux degrés supplémentaires comme si le soleil caniculaire avait aussi embrasé la nuit. Et, dans la grappe compacte des ambianceurs, se glisseront les djingbins*, princes des porte-monnaie et des bijoux, détrousseurs devant l'Éternel ; s'y retrouveront aussi les voleurs de pénis, ceux qui auraient l'art de comprimer votre sexe ou de le faire disparaître rien que par le contact. Oui, ami : mes nuits avalent aussi des croyances venues du bas-fond des âges.

Après *Soweto*, l'autre symbole de ma popularité, *Play Boy*. Ah ! Que n'a-t-on pas dit de cette façade grincheuse, de cet étage crayeux, de ce rez-de-chaussée aux allures de monastère ? Que n'a-t-on pas raconté de son propriétaire – chanteur sans gloire, abonné aux « antiquités » musicales ?

Sur cet antre, mille et un discours s'échangent, mon ami. Toutes les filles ont leurs versions. Tous les clients ont leur part. Même les saisons en ont gardé, chacune. De la pluvieuse à l'harmattan.

Cette cave, restée telle depuis l'aube de sa création, demeure toujours un réceptacle d'urine, de salive, de sueur, bref, le territoire privilégié de toutes les eaux du corps. Sans doute a-t-elle réussi à archiver dans sa mémoire ces histoires de rires et de larmes, de viols et de sang. Mais d'elle, la postérité ne retiendra que deux habitudes établies : escale de Nigérianes et de Ghanéennes qui viennent s'y constituer une cagnotte respectable avant de gagner l'Europe ; chantier de musiciens locaux ou étrangers en quête d'un petit souffle d'expérience.

IV

À deux heures du matin, lorsque l'ambiance grimpera de cinq autres degrés, le D.J. de service hurlera, dans un anglais à identifier du côté du port de Lagos, des cris de guerre à l'adresse des clients : « Attack your cavalier ! Attack your baby, men ! » En fait d'attaque, ce seront les filles qui prendront les commandes en se collant aux clients. Danse du ventre, entortillement de la croupe, déhanchement à la congolaise. Le Général Défao, le dieu-éléphant du N'Dombolo, exigera des danseurs une plus grande souplesse dans les reins.

De degré en degré, la nuit s'étoilera de mille feux, les intentions dérouleront leurs fils dans mes arrière-cours et, les joints s'étant introduits en fumée dans le sang, dans les yeux, dans les nerfs, les consciences danseront au gré des vertiges pour produire les gestes les plus délirants. La nuit aura alors enjambé le temps, défenestré les mythes pour s'installer dans le spectre du jour, un filet gris sale, la pointe du matin.

Ce sera devant le *Quartier Latin* – la énième boîte – ou le *Must* ou encore *Les Muguets* –, l'autre trou à passes niché au tournant de la rue, après le *Pattaya*. Ce sera dans les vons, mes entrailles sensibles, ces petites ruelles de sable et de détritus, partiellement ou entièrement costumées de noir. Ce sera aux abords du caniveau qui me traverse du nord au sud, le seul égout à ciel ouvert, escale du pisseur, pause obligée du diarrhéique, passage impératif de l'éboueur. C'est là qu'on entendra des voix d'hommes et de femmes, dans un roulis d'incantations et d'indignations, crier à la vengeance sanglante. On le dira dans toutes les langues, du broken – l'anglais cassé – à l'éwé, du mina au yoruba. On dira qu'un avorton a provoqué un caïd du ghetto. Et le sang, s'il ne coule pas en flots, traînera un jet parcimonieux au sol. On saura ainsi qu'ici les choses les plus banales peuvent tourner à l'ail et qu'une plaisanterie peut déboucher sur du rouge poignant. Comme ici, dans les colonnes arrachées à un quotidien populaire où le couteau, comme d'habitude, a joué son rôle traditionnel :

« Une femme, en tenue de douche, est étendue à même le sable. La douleur l'irradie dans toutes les caves de son corps. Elle hurle des insanités à qui veut la comprendre. Des témoins et des badauds se relaient pour raconter ou reconstituer les scènes de ce qui s'est passé : « Une bagarre de tigresses, j' te dis. Elles se disputaient un client plein jusqu'à la bedaine. Joly a tapé sec. Avec une bouteille écrasée contre le mur. Michou a riposté en lui arrachant les cheveux et un morceau de son pouce gauche. C'est alors que Joly s'est enragée. Elle s'est ruée sur elle et lui a gentiment logé un tesson de bouteille dans le ventre. Une cannibale, cette fille de…». »

Les hommes qui arrivent jouer les pompiers prennent aussitôt parti. Tandis que la blessée perd du sang, demande qu'un saint vienne allouer un morceau de prière à son âme qui fout le camp, des épaules se dressent, les muscles se gonflent. Un soupçon de tragédie, de nouveau, griffe l'air. Une tragédie qui n'aura pas le temps de se fixer dans la nuit. Car, à l'autre bout de la rue, là-bas, dans les brumes du passage à niveau, surgit la fourgonnette de la police, le yéyé bleu, cet incontournable intrus du quartier qui crève la nuit, en crachant sons et lumières.

« Ils arrivent ! Ils arrivent ! »

Le vide se fait aussitôt. Le vide, grand, propre, net. Les chéries-caleçon, les clients et toute la tribu des djingbins prennent leurs tibias au cou… Seule, la blessée, gisant dans son sang, continue d'appeler Dieu à son chevet.

V

Cette énième montée de chaleur, ce sera sans doute la dernière envolée du mercure avant sa chute. La chute qui interviendra dans les ruines de la nuit, à cinq heures craquantes, l'heure de la sortie, la tombée du rideau, une transition vers le plein jour.

Alors seulement, une fraîcheur, accompagnée de rosée, viendra de la mer pour me couvrir et m'atteindre jusqu'aux entrailles. La tranquillité et le temps immobile m'étendront alors leur drap pour un dodo à la sauvette. L'instant d'oubli. L'instant de rêve. En attendant que mon artère centrale, marquée par les traces et les rebuts de la nuit, retombe dans sa banalité ronronnante. En attendant que je me constitue des forces nouvelles pour accueillir, dès la nuit suivante, d'autres appétits ou d'autres délires en retard. Des raisons objectives pour alimenter mon éternelle chanson. Des raisons pour que mon blues sonne toujours vrai. Mon blues, ma vieille langueur rétrécie. À l'image de mon nom « Jon-quet » qui ne sonne plus que lassitude. À l'image de ma vie, un goût d'orange ridée, la fadeur qui pend au cou du temps.

TANT QU'IL Y AURA DES ANGES

*E*T L'OMBRE se glissa dans la chambre.

L'ombre, une silhouette furtive, un corps rugueux, des gestes, des pas, un éclair. Anonyme visage dans le carré d'une pièce au climat feutré.

Que l'ange ainsi sommeillant dans son landau l'ait émue ? Que ses mains aient tremblé en l'approchant ?

Elle se pencha sur le grabat, détailla lentement son visage pommé puis posa une main résolue sur lui. Il était tout tiède, l'ange, tout rose, tout lait. Comme sa peau, son corps, l'intérieur de ses poings menus. Ses yeux, sèchement bridés, attendaient seulement de goûter aux premiers éclats du jour avant de s'ouvrir au monde.

Mais l'éclat, dans cette chambrette aux odeurs de maternité, c'est celui d'une vieille lanterne à la paroi crevée, au doigt de feu grimaçant qui grignotait le silence, rongeait l'espace comme dix veillées de tam-tams funéraires.

Posément, l'ombre caressa le nourrisson, écarta les jambes d'un geste convenu, tâta son sexe. Un muscle, un tout petit muscle douillet, deux boules minuscules. Un mâle bien fait. Un mâle bien frit. Le golden boy, l'élu des hommes et de Dieu.

Et l'ombre se souvint qu'elle avait des fibres intérieures. Elle en sourit. Elle en ricana. Elle en pleura. Ce n'était pas seulement l'ange qu'elle attendait, c'était le mâle incarné qu'elle souhaitait voir, l'enfant qu'il lui fallait couver dans son ventre, serrer contre ses seins, étouffer dans son odeur.

Elle aurait voulu remonter le long cours de ses vieux fantasmes. Elle aurait voulu, pour la millième fois, se convaincre de son incompressible envie de cajoler un enfant. Un enfant qu'elle assujettirait ensuite de la toute violence de son autorité. Un enfant qu'elle injecterait dans son sang, qu'elle descendrait dans son utérus, pour en faire sien, son bijou, de l'or brut et généreux. Mère, je vous dis : materner au-dedans, rattraper les émotions maman longtemps manquées.

Dehors, des voix aiguës de femmes s'étirèrent. Des rires enthousiastes, des éclats gais. Derrière le paravent, dans l'arrière-cour de la maison, des commères plaisantaient. Elles élevaient, jetaient autour de la nouvelle mère quelques brocards. Pour l'aider à mieux supporter les douleurs post-natales, à réussir le premier bain après accouchement.

Et l'ombre eut brusquement peur. D'entendre ces bruits crever l'air en même temps que son cœur, son petit cœur émotif, la fit sursauter. Ses pensées se mêlèrent, ses cheveux se hérissèrent, ses gestes se crispèrent.

Alors, elle arracha le bébé du lit, l'enveloppa dans son boubou et se précipita à furtif par la porte. Le dehors l'accueillit. Le dehors, rue noire et trempée, irréelle à force d'être brumeuse, bornée des deux côtés par des masures percluses.

*

Mais pourquoi s'arrêterait-elle tout de suite, l'ombre ? Pourquoi réfrigérait-elle ses pas avant d'avoir atteint la gare routière ? Parce que l'ange se mit à crier, à pleurer ? Parce que le contact brusque et sans amène avec la fraîcheur de la nuit l'avait déchiré en dedans ? Lui, violemment plongé dans le tumulte insensé des hommes ? Chanson de l'ombre :

Toutou gbovi	*Ô petit agneau*
Toutou gbovi	*Tout petit agneau*
Amede mou la xome	*Personne n'est à la maison*
Meke o la fanvi nan	*Et qui entendra tes pleurs*
Awo djedje vignin	*Ô mon ange adoré*
Bonu-bonu kpooo	*Sèche, sèche tes larmes*

Berceuse nue. Berceuse miel. Des mots pour adoucir un intérieur violenté. Mais la poésie n'apporte pas forcément la tranquillité attendue, et les caresses à l'âme ne sont pas toujours apaisantes.

Et l'ange criait de plus en plus, pleurait à chaudes larmes. Dans les plis du boubou-pagne où on l'avait enveloppé, il gigotait, se démenait, livrait toutes ses forces à la nervosité. Reconnaîtrait-il les odeurs de l'ombre comme étrangères à son univers ? Exigerait-il par hasard les bras rassurants de sa maman ? Maman, dis-tu, petit ange ?

Elle n'avait pas une poitrine de nourrice, l'ombre, mais ses seins – cinq printemps au-dessus de son âge – évoquaient la lourdeur de deux gourdes pleines et juteuses. Elle dénuda une mamelle, en pressa le téton et l'offrit au bébé. Qui l'accueillit aussitôt. Avec ses lèvres molles et gourmandes, sa langue fine et autoritaire. Émotions, grandes coulées d'émotion de l'ombre. Qui s'écria :

« Ma… maman ? Non… Ce n'est pas vrai… Dans mon corps, ça répond maman. Maman moi aussi… Mère. La femme complète enfin. Un… enfant de mes odeurs. Maman. Ma-man, mon Dieu ! »

Des larmes écrémèrent ses gros yeux profonds. Des larmes de tristesse et d'espérance. Serait-ce le signe avant-coureur du bonheur ?

Jamais de sa vie elle n'a vécu, ni corps à corps, ni sang à sang, les vertiges et les émois de la maternité. Longtemps, elle les avait sentis, intuitivés, imaginés. Longtemps, elle les avait théorisés, pensés, soupirés. Mais ce soir, il lui semblait avoir réussi enfin à les intégrer, à les interner, là, dans le plus intime de son moi. Il lui semblait que ses instincts de mère s'étaient activés et l'avaient habillée de tous les droits, de tous les devoirs, de toutes les parures. Elle pensa à Marie, la divine mère, elle pensa à sa propre mâ, la rayonnante tendresse, elle pensa aux millions d'heureuses élues de la maternité, ici et ailleurs. La félicité maman, ma vieille. Toute belle, toute faite, toute cuite. Alléluia!

Devant elle, la rue n'était plus tout aussi noire. La lune, moitié calebasse accrochée au versant du ciel, éclaboussait une partie du quartier, en décoiffait les ombres suspectes. À Akpakpa Dodomey, il n'y avait pas seulement des chéries-matelas à coincer trois sous la secousse; il y avait surtout les délinquants première division et les sorciers-cannibales qui guettent leurs premiers gibiers ou leurs dernières victimes.

La femme remercia le ciel, rentra le sein et réajusta l'ange dans son boubou. Fallait, sur un trot plus engagé, gagner la gare routière de Guinkomey pour y prendre un taxi. Cette nuit même, elle devra rejoindre son natal, Grand-Popo écrasé là-bas, dans le profond du pays, par son destin sommeilleux. Mais la gare routière se trouvait à vingt minutes de marche. Trop long. Le temps pour que son acte soit découvert, que tout le quartier soit alerté et qu'on la prenne en chasse. Fallait donc casser le temps et s'y moudre. La solution était trouvée: une pirogue! Traverser le lac Nokoué en pirogue plutôt que d'arpenter le pont qui descend vers Ganhi, le premier feu avant la rue de Guinkomey.

*

À vingt-cinq ans, Ablan comptait cinq passages à la maternité Lagune. Cinq passages à la lettre, quatre filles à la queue leu leu. Son mari qui ne voulait se sentir père que lorsqu'elle lui offrirait un garçon, l'accablait de grossesses, tous les ans que Dieu fait. Et tous les ans, une fille pointait, désespérant moyo* offert à la gent masculine.

« Ton ventre est incapable de fructifier un garçon, lui reprochait son mari. Au prochain essai désastreux, je te vire. Tu m'entends, je te vire. »

Cinquième essai, cinquième ventre-calebasse, cinquième rupture des eaux. Dès la minute de délivrance, dès les premiers éclats de l'enfant, une intuition, jamais ressentie, la traversa. On lui présenta le petit ange. Lui avait de beaux bijoux dans l'entrejambe, un atoto* bien formé, bien confectionné. Une salve de bonheur. Pour Ablan, palper ces deux petites boules, c'était voisiner Dieu, être installée dans le confort de Sa droite.

Ce soir, à son retour de maternité, elle avait langé le nourrisson, l'avait apprêté pour que son papa vienne lui dire ses aises et son content. Puis elle était allée prendre son bain. Ses commères, les voisines de cour, s'étaient spontanément offertes de l'aider: tisanes pour le bain de siège, massages et autres commodités pour le ventre. Solidarité de femmes qui se sentent liées par une communauté de destin, destin de mères pourvoyeuses, dit-on, de vies masculines, porteuses de l'humanité mâle. « Enfin femme honorée et épouse. Enfin mère honorée », la félicita-t-on.

Après bain, Ablan regagna sa chambre. Son ventre, quoique délivré, pointait toujours calebasse en avant qui lui faisait encore tituber une démarche de crabe, tchin-tchin-tchin. Elle se laissa choir sur le grabat, s'assit à son bord, pour éviter de faire du bruit, de réveiller le nourrisson. D'ailleurs, de l'avoir quitté pendant une demi-heure exigerait de sa part un pardon. Un pardon en forme de câlins, un big bisou, frais et parfumé.

Ablan s'approcha des langes et glissa sa main. Rien ne lui tomba sous le toucher. Elle insista. Aucun bébé. Il n'y avait que l'odeur irréelle de lait qui dansa dans ses narines. L'odeur de l'ange vite consumée, vite dépensée.

Elle se crispa, fouilla partout, regarda sous le lit et sous les autres meubles. Elle tournoya sur elle-même, flaira les habits du nouveau-né, ses pagnes, ses chiffons. Elle se prit alors le ventre, ordonna ses jambes jusqu'à la cour et alerta :

« On m'a pris mon enfant ! On m'a volé mon garçon ! »

*

La route s'enfonçait. À mesure que la fraîcheur lagunaire chatouillait les narines, le von devenait plus sablonneux, plus crasseux, plus noir avec des obstacles : boue, détritus, cacas, ferrailles, jantes de véhicules, cochons en errance.

La femme descendit le chemin qui mène à la berge du quartier. La berge, ordonnée en contrebas du village des pêcheurs, et marquée, à l'est, par la grève qui s'étirait sur trois cents mètres.

Désert ici. Aucun piroguier. Aucun passeur. Seul somnolait dans sa barque un alcoolique, trop content de s'être saoulé, trop heureux de nager dans son ivresse habituelle.

La femme s'approcha, tira sur ses habits, sur sa peau. Le dormeur se contenta de cligner les yeux, puis s'oublia de nouveau dans son sommeil. Impossible de le solliciter.

Sur la berge, il n'y avait pas seulement des pirogues. Y reposaient aussi des barques motorisées, petites et longilignes, sans doute plus difficiles à manier, mais rapides et efficaces.

D'une seule main, la femme poussa la proue d'une barque dans l'eau et s'y installa. Elle cala le bébé sur une traverse, alluma le moteur en appuyant sur une manette puis tira la ficelle qui entoure les hélices. Le moteur toussota avant de vrombir. Un jeu d'enfant. Un jeu d'enfant pour elle qui avait eu comme époux un pêcheur, propriétaire d'une dizaine de barques motorisées.

« Partir, mon ange, partir ! Ça y est ! »

Elle rassura l'enfant d'un petit câlin, revint à la proue, déclencha le démarreur. Mais le démarreur ne répondit pas. Le moteur, au contraire, s'en rhuma et se ruina le souffle. Paix sur la berge. Paix. Les murmures du vent occupèrent alors le temps et les lieux.

« T'inquiète pas, mon toutou. Foi de Véro, on partira, hein. Tout à l'heure. Tout de suite, on partira. »

Et pour éviter toute nervosité, elle reprit l'ange, le serra contre son cœur, le couvrit de ses baisers. Pas de berceuse, mais de mouvements de tangage, gauche droite, va-et-vient. Lentement. Doucement.

Maman. Elle se sentit encore une fois maman. Pouls et battements de cœur en sus. Émotions et vertiges en plus. Maman pour la vie et la mort.

*

Le brouhaha enflamma la maison. Le brouhaha incendia toute la rue. Des cris hirsutes, des voix hystériques, grincements, déchirures… Une phrase, la même, répétée par tous, par toutes, comme un seul homme, une seule femme, déchiqueta la nuit :

« Tchahoho ! On a volé Sèna ! On a volé l'heureux promis. Ô Tchahoho, venez voir ! »

On appela Dieu, on réclama Jésus, on invoqua Marie. Des noms de suspects furent lancés. Des noms de sorciers furent cités. Des sorciers, oui : ces mangeurs d'âmes, ces vampires, ces cannibales, il n'y a qu'eux pour voler ou enlever les nouveau-nés. Il faut les tuer, les exterminer, les incinérer vifs.

Mais, au milieu de ce brouhaha, on perçut la voix menue d'une enfant, une fillette aux yeux lourds de sommeil. Elle révéla qu'en allant au petit coin, elle avait aperçu tantie Véro, cette dame si rentrée et si intérieure mais toujours cajoleuse avec les enfants; cette dame qu'on disait bizarre pour avoir manqué dix maternités. Elle l'avait vue serrer contre son cœur un bébé au teint laiteux. Elle s'était éloignée à petits pas en dévalant le von qui mène au village des pêcheurs; que même elle avait trébuché sur un caillou et failli laisser échapper le bébé. Qu'elle n'avait, elle, petite fille, rien compris, rien perçu de ses gestes. D'ailleurs ne dit-on qu'il lui manquait un rayon, à cette dame?

Ablan manqua de s'évanouir.

Véro! Cette cousine logeant à l'autre bout de la rue, inconsolée de ne jamais pouvoir serrer un morceau de ses entrailles!

Véro! Cette presque-sœur à qui elle avait prêté sa confiance et son cœur, qu'elle avait assistée de ses soins, de son temps, de ses énergies, pour qu'enfin le bébé attendu se fasse sang et chair dans ses bras!

Véro! Cette joliette qui avait paru intégrer, digérer sa dimension de femme à l'utérus amputé!

Véro! Véro! Non, pas elle! Pas elle!

Des volontaires se détachèrent du roulis des poings qui fumaient. Trois hommes proposèrent d'engager une poursuite contre l'intrigante. Quelqu'un offrit même sa guimbarde, une vieille Toyota plutôt volontaire à l'inspiration. Ablan et les trois hommes s'engouffrèrent dans la voiture. Celle-ci s'élança dans une explosion de bruit. Bientôt elle se perdit à l'angle de la rue.

*

Comme des ondulons de verre, les eaux du lac dansaient sous les caresses nerveuses du vent. La lune s'y mirait, avec des morceaux de cristaux argentés qui ridaient la surface, éparpillant les éclats mornes de la Voie lactée.

La femme eût voulu partager les images du spectacle avec « son » enfant. Elle eût voulu s'amuser à lui compter les étoiles et les grappes de nuages qui s'étiraient dans le champ infini du ciel. Mais l'urgence était ailleurs: faire fonctionner le moteur de la barque, démarrer et fendre l'onde pour gagner l'autre rive à demi éclairée par le phare du wharf.

« Attends voir, mon bébé, on partira tout de suite. »

Elle le reposa à nouveau sur une traverse, à même la planche, vers la poupe, le couvrit d'un pagne-foulard puis s'enhardit sur le moteur. Même manœuvre. Même échec. Ses nerfs, à petit feu, se mirent à flamber. Et l'enfant de s'indigner. Il s'indigna par son cri et ses pleurs. Nouvelle chanson comme solution? Nouvelle berceuse comme rempart?

Véro se précipita, le reprit, mais n'eut pas le temps de l'étouffer contre son cœur. Des cris, venant de la rue qui débouche sur la plage, transpercèrent le temps et lui arrachèrent des eaux.

« La… la voilà! Avec le bébé!

– Ne la laissez pas partir!

– Arrêtez-la!

– Véro! Ne fais pas ça, Véro!»

Quatre silhouettes se dessinèrent dans le clair feutré de la nuit. Quatre silhouettes dont une, aux formes empâtées, tenant un ventre-calebasse, les cheveux en foire, la démarche décalée. Véro reconnut sa cousine. Elle reconnut aussi les trois autres, des voisins du quartier. Ils avaient stationné la voiture à l'entrée de la plage et firent mouvement déjà vers elle. Ce qu'elle craignait. Ce qu'elle redoutait. La fuite? La feinte? Et vers où?

Pendant longtemps, l'ombre s'était préparée à cette éventualité. Pendant longtemps, elle l'avait imaginée comme conditionnement à la réussite de son entreprise. Cependant, elle en parut tétanisée, raidie, écrasée. Il lui sembla ne plus être d'ici, ne plus être de ce monde, éjectée de ce flot violent, de cette marée haute qui s'élançait à l'assaut du vide, des hommes et d'elle-même. Elle resta ainsi, dans cette position, désemparée, déconstruite, démembrée.

Les quatre silhouettes s'étaient déjà engagées sur la berge. La nourrice, à l'avant, s'efforçait à la sérénité, montrant des gestes ordonnés et réfléchis. Mais Véro devinait déjà ce qui l'attendait. La panique descendit alors dans son corps. La panique installa ses œuvres en elle. Solution?

Elle sauta dans l'une des pirogues, la plus avancée dans l'eau, coucha le bébé au dos et l'attacha avec le pagne-foulard. Ses mains empoignèrent ensuite la perche posée en diagonale dans l'embarcation, en piqua l'eau boueuse afin de glisser sur le lac. La pirogue obéit. La femme, en même temps, se sentit voguer. Libre, Seigneur, enfin libre !

*

Le lac Nokoué n'est plus une eau de rencontre, ni un territoire de prières et d'émotions. Depuis long-temps, il a perdu ses vibrations sur les hommes, ses illusions sur les dieux. Les riverains, les seuls qui connaissaient, jadis, les contours de sa mélancolie et de ses étranglements, lui ont retiré leurs attentions. Plus d'appels, plus d'offrandes. Un lac orphelin, asséché de ses espoirs de dignité.

Alors, de temps à autre, pour affirmer ses droits sur lui-même, sur son destin, il se dresse sur le chemin des hommes et ouvre ses trappes pour les y précipiter. Les vieux pêcheurs, déjà rassis et courbés par l'âge savent, eux, démêler les symboles pour expliquer les dires du lac, raconter l'inachevé de ses frustrations.

Ce soir, bien avant que la nuit n'attache ses cordes noires au bout de celles du jour, les vieux avaient prévenu : « Le lac a soif de respect. Il se paiera sur le compte des imprudents. »

*

Ablan et les trois hommes avaient pris la mesure de l'ombre. Embarqués eux aussi sur une autre pirogue, ils comptaient, avec deux perches activées de chaque côté, rattraper l'intrigante. Le lac leur parut accueillant qui s'ouvrit et les laissa flotter à grande bride, à forte chaloupée.

Loin devant, Véro s'enhardissait toujours. Accrochée à sa perche, le bébé attaché au dos, elle s'usait à l'œuvre. Vaincre les eaux, c'est déjà gagner l'autre rive. Réussir la traversée, c'est affoler l'angoisse, effacer en soi les malheureuses incertitudes. Restait plus que trois cents mètres à percher, plus que cinq minutes à épuiser. Courage, ma vieille ! Si le Très Juste connaît la profondeur de ton cœur, s'Il a déjà évalué le bilan de tes pertes, alors Il comprendra ta folie et t'administrera moins de peines, moins de contorsions, moins d'essoufflements. Tu ne veux de Lui qu'une reconnaissance, m'as-tu dit, juste une reconnaissance de fidélité à ton égard pour qu'enfin ton corps cesse de s'épuiser en larmes, de se déchirer en sécrétions du mal-espoir.

Sur le lac s'est élevé un vent sec et frais. Avec des rafales tourbillonnantes qui semblaient désormais invectiver l'onde en l'ébouriffant à la surface. Déjà des frétillements. Puis des secousses. La pirogue de Véro, plutôt titubante, connut des menaces de chavirement. L'élan des vaguelettes fit balancer sa perche dans tous les sens. L'ange laissa

alors fuir ses deux jambes dans le vide. Des cris.
Des pleurs. Cette fois-ci, sa voix sonna comme un
cor à alerte.

Et Véro, d'instinct, arrêta tout mouvement. Il lui
fallait détacher le petit diable pour l'apaiser, souffler
sur ses nerfs des caresses rafraîchissantes. Le réflexe
se fit net, fulgurant. Elle se débarrassa de la perche
en la calant entre les jambes, prit le nourrisson, l'embrassa, le couvrit de ses baisers. Instant de répit et de
sérénité? Soulagement? Satisfaction? Elle voulut
s'oublier dans cet instant pour en vivre la charge
totale. Elle voulut s'y enfermer pour y répandre
toutes ses coulées émotionnelles. Mais ses poursuivants, derrière, avaient surgi. Avec leur pirogue
lancée à toute allure, ils avaient surgi et foncèrent
droit sur elle, sur son embarcation.

L'accident. L'embardée. Le lac, secoué, retourné
par un grand fracas de planches, de plâtres et de
bambous, fit chanceler la pirogue avant de la ren-
verser corps et biens.

Elle tomba dans les flots! Elle disparut au milieu
du lac!

En Véro, le flou total, l'opacité noire. Un écran
brumeux qui l'évacua du monde, de la conscience
du temps pendant cinq, six, huit, dix secondes. Puis
l'attente. Le silence.

Mais pas pour longtemps, car tout près, Ablan
éleva la voix. Debout dans sa pirogue, elle demanda,
supplia qu'on lui redonne son bébé. Les yeux écarquillés sur l'onde, les bras en croix, elle plongea la

main comme pour ramasser son enfant. Mais il n'y avait rien à voir dans l'eau. Rien à prendre. Sinon que la nuit, les flots noirs et le désespoir. Mais soudain, soudain…

« Le… le voilà ! Le voilà, là-bas ! s'écria l'un des trois hommes. Le voilà ! Là-bas, oui, là-bas ! »

Là-bas, c'est-à-dire trois mètres plus loin, une petite forme humaine se détachait de l'eau. Le bébé. C'était bien lui, en effet. Il reposait sur une planche, un logan, morceau de la pirogue déchiquetée. Il avait les deux pieds en l'air, les poings fermés, comme lové dans ses rêves. L'œuvre de Dieu. Le cadeau de la Providence. Et Ablan, à nouveau, de s'exciter, de s'user la voix. Par les mêmes appels au secours, les mêmes hoquets éraillés :

« Mon petit ! Mon petit ! Sèna, mon Dieu ! Sèna ! »

Aussitôt, les perches, infatigables, reprirent service. Cette fois-ci pour orienter l'embarcation, ajuster la pirogue dont la proue, accidentée, accueillait un filet d'eau par un trou de souris.

Plus que deux mètres pour atteindre le bébé. Plus qu'un mètre, un demi-mètre. Oui, là, là : le prendre enfin !

Le lac, au même moment, se déchira et s'ouvrit. Il s'ouvrit sur la tête et les mains de Véro. Véro, avec son rire vif et crépitant qui se répandit sur tout le lac. L'enfant, effrayé, n'eut pas le réflexe de pleurer, ni d'alarmer le ciel. Il fut ravi de sa couchette, emporté sur-le-champ par l'intrigante. Qui s'enfuit de nouveau. Cette fois-ci, à la nage.

Elle nageait comme une enragée, Véro. Le bébé poussé à chaque brasse, les yeux accrochés à l'autre rive, elle jeta ses dernières forces dans les flots. Deux cents mètres à brasser, à franchir, à supporter. Mais oui. Elle irait jusqu'au bout, jusqu'au point mort de ses espérances. Qu'importe si, contre elle, il y avait la fatigue, le froid et surtout les autres ! Qu'importe si ces autres, avec leur pirogue, s'étaient remis en branle pour tenter de la rattraper ! Qu'importe si leur embarcation continuait à prendre l'eau ! Elle irait jusqu'au bout de sa folie, même si la fatigue, peu à peu, asseyait déjà ses urgences en elle.

Sur les lèvres d'Ablan, plus de cris. Plus de plaintes. Clouée dans sa pirogue devenue toute eau, elle tentait de lire dans le regard de ses compagnons. Elle voulait retirer d'eux quelques réponses à ses angoisses. Mais regards désolés. Regards décantés : cette expression de l'impossible espoir qui imprègne les traits jusqu'aux profondeurs de l'âme.

Loin de là, sur la rive éclairée en partie par le phare du wharf, la fugitive venait d'échouer. Elle venait de prendre contact avec la berge sablonneuse. Véro. Toujours volontaire, mais déjà bien essorée. Toujours déterminée, mais déjà laminée. À peine sentait-elle son corps, ses gestes et même la réalité autour d'elle. Seul lui importait son ange, le trésor enveloppé dans son boubou, mais qu'elle a dû porter à bout de bras pendant la traversée. Et qu'il ait cessé de gigoter et de crier ne l'intrigua guère.

Qu'il soit si calme et si sage, malgré cette agitation, ces chocs successifs, ce bain froid ne la surprit guère. Un ange, ça a toujours un supplément d'âme, ce rien indispensable qui fait de lui la moitié du ciel. Et ce sera une chance inouïe qui faisait d'elle la voisine de Dieu, mère enfin installée, femme acquise, humanité reconquise. Il faut reporter plus tard la fête, l'explosion du bonheur, ma vieille.

Lentement et de ses pieds, elle prit appui sur la rive et risqua deux pas décousus. Ouais. Du léger mieux sans doute, mais restaient encore deux souffles à reconquérir. La première manche était certes gagnée, mais il y avait encore d'autres combats à mener, d'autres épreuves à essuyer.

Au loin, montait du lac le blues lancinant d'Ablan. Éclatèrent pour une énième fois ces pleurs que seule une mère peut libérer du fait d'une chose : la mort de son ange. Mais Véro ne le savait pas. Son ange dormait toujours contre son flanc, dans son boubou bercé par la marche de ses pas essoufflés. Pour elle, le bébé n'avait que des sommeils à rattraper. Mais des sommeils du Juste et de l'Éternel. Pour l'éternité.

GLOSSAIRE

Agbada : grand boubou.

Ashaos : filles de rue.

Atoto : quéquette.

Boba : tenue traditionnelle.

Calleta : danseur masqué, clown par extension.

Djingbins : voyous.

Gabriel : viande de porc.

Guèlèdè : masque de l'ethnie yoruba.

Kill-me-now: appellation déguisée de l'alcool.

Kpayo : faux, camelote.

Kpokpodo : toujours précédé de mil neuf cents, fait référence aux temps lointains dans la culture populaire. Très péjoratif.

Kpoto-kpoto : onomatopée désignant la gadoue.

Lèwayi : bouillie de tapioca.

Mana-mana : colporteurs analphabètes.

Moyo : sauce à base de tomates fraîches et d'épices.

Paavi : sacoche tressée en branches de cocotier.

Parmatoire : planche de bois qu'on utilise dans les écoles ou les ateliers d'apprentissage pour châtier les élèves.

Piron : pâte de farine de manioc.

Tchantchanga : brochettes de mouton.

Togolo : mesure ; un togolo équivaut à un kilo.

Tohossou : enfant malformé

Vlèyè : jupe de raffia

Voduns : divinités du culte traditionnel.

Vodusin : adepte de vaudou

Yoruba : ethnie.

Yovo doko : beignets à base de farine de blé.

Zems : taxis-motos.

Zépkété : handicapé.

TABLE

Collection Motifs

Impression réalisée sur CAMERON par

BUSSIÈRE CAMEDAN IMPRIMERIES

GROUPE CPI

à Saint-Amand-Montrond (Cher)
en novembre 2001

Dépôt légal : novembre 2001.
Numéro d'impression : 015488/1.

Imprimé en France